나는 공부하라
말하지 않는다

평범한 엄마가
아들 둘 명문대 보낸 비법

나는 공부하라
말하지 않는다

평범한 엄마가
아들 둘 명문대 보낸 비법

김향선 지음

 프로방스

"명문대 보낸 비법은 따로 있다."

대한민국에서 입시에 성공하는 방법은 그리 많지 않습니다. 특목고를 나오거나 강남 8학군에 살아야 입시에 성공한다는 공식이 있을 정도입니다. 그러나 대부분은 평범한 부모 밑에서 자랍니다. 누구나 좋은 학군이 있는 지역에 살수 있는 건 아닙니다. 이 책은 부모가 평범할지라도 '올바른 교육을 통해 아이들을 명문대에 보낼 수 있다' 라는 사실을 알려주고 싶어 쓰게 되었습니다.

학습 위주의 교육법 보다는 부모가 아이를 대하는 태도와 마인드에 더욱 중점을 두었습니다. 바로 그 마인드란 아이들을 믿어주고 기다려주고 욕심을 버리는 겁니다. 그리고 끊임없는 사랑과 헌신이 밑바탕이 되어야 합니다. 평범한 부모인 저도 해

냈듯이 많은 부모들도 할 수 있다는 사실을 알려드리고 싶었습니다. 그리고 용기를 드리고 싶었습니다.

자식 잘되기를 바라지 않는 부모는 없을 거예요. 교육에 관심이 많은 부모들은 자녀교육서도 읽고 교육상담도 많이 다닐 겁니다. 하지만 실제로 뜻대로 되지 않는 경우가 많아요. 부모의 과한 욕심, 부모의 체면, 나만 옳다는 잠재의식, 공감 부족, 무관심의 문제 때문이지요. 아이들의 학습 성과는 부모하기에 달렸습니다. 좋은 학군, 일타 강사의 강의보다 선행되어야 하는 것은 부모의 태도와 마인드입니다. 부모가 아이를 어떻게 대하느냐부터 출발해야 합니다. 그후 교육을 어떻게 시켰느냐에 따라 학습 성패가 갈리게 되는 거지요.

제가 생각하는 부모의 태도는 칭찬입니다. 칭찬을 많이 받고 자란 아이는 그렇지 못한 아이들 보다 학업 성취도가 높습니다. 두 번째는 부모가 조급함을 버리는 것입니다. 부모의 조급함은 아이들에게 학습을 요구하게 되고 자녀들을 불안하게 합니다. 그렇게 되면 좋은 결과를 가져오지 못할 뿐 아니라 자녀들 자존감이 떨어지고 자기주도도 방해받게 됩니다.

이 책은 실제로 위와 같은 교육 철학으로 아이들을 키우며 학습적인 성과와 입시 성과를 이루어 본 저의 생생한 경험담을 담았습니다. 이론만을 강조한 자녀 교육서가 아닌, 실천을 통해 깨달았던 자녀 교육서 비법을 풀었어요. 평범한 가정의 부모가 어떻게 아이들을 명문대에 보낼 수 있었는지에 대한 동기부여와 방법을 알려주기에 충분할 거예요.

제가 큰아들 핸드폰 뒷면에 있는 글귀를 보고 느낀 바가 많았습니다. 거기에는 이렇게 적혀 있었어요.

'나는 엄마의 꿈이자 아빠의 자랑이다.'

저와 남편은 아이들을 소중하게 품으면서 키웠던 것 같아요. 결과가 어떻게 나왔든 크게 동요하지 않았고 과정을 중요시 여겼어요. 아이들이 엇나갈 때면 지켜보면서 기다려 주었답니다. 끝까지 믿어주었지요. 제가 독서논술하는 어머니들께 항상 하는 말이 있어요. 우리아이들 믿어주시라고요. 자꾸 지적하지 말고 좋은 말만 하시라고요. 아이들은 부모의 말과 행동으로 커가는 것 같아요. 아이들도 느끼고 있답니다.

부모가 먼저 자기수양이 필요합니다. 자신을 믿고 긍정적으로 생활할 때 아이들도 그런 부모를 보면서 꿈을 키워갑니다. 자연스럽게 자존감도 높아지고 공부도 잘하게 되더라고요. 그리고 어떤 환경이 와도 스스로 헤쳐나갈 수 있게 됩니다.

이 책은 입시정보를 알려주는 책이 아니예요. 결론적으로 말하면 '긍정마인드'의 중요성을 알려주는 책이라고 할 수 있어요. 우리 자녀들의 일기, 편지를 실어 진짜 아이들의 마음을 알 수 있도록 구성하였어요. 아이들과 인터뷰한 내용도 실려 있답니다.

이 책을 읽게 되면 아이들의 마음이 어떤지, 부모의 마음이 어떤지, 사람의 심리는 어떤지 알 수 있을 거예요. 많은 부모님들이 읽어서 우리 예쁜 자녀들 잘 키우시기를 바랍니다.

2023. 3.

저자 **김향선**

Contents
차 례

PART 02

02 부모의 믿음이 아이의 자존감 형성의 밑거름이다

PART 03

03 공부머리는 타고나는 것이 아니라 후천적 교육으로 만들어지는 것이다

PART 04

04 칭찬과 격려가 자기 주도적인 아이로 만든다

- -

PART
01

공부보다
인성교육이
먼저다

01

. . . .

'아이는 부모의 뒷모습을
보고 자란다'는 진리

① 하나의 생명체에 대한 엄마의 마음가짐

'내가 아이를 잘 키울 수 있을까?'

아이를 임신하기 전부터 나 자신에게 되묻곤 했다. 출산하고 처음 아기를 보았을 때 아기의 모습에 실망했다. 시간이 가면서 아기는 신비롭기도 했고 내가 엄마라는 사실이 낯설게 느껴졌다.

4년제 대학에 떨어져 2년제에 들어간 후 이런 생각을 했다. '내 아이가 나에게 "엄마는 어느 대학 나왔어?" 이렇게 물어볼 텐데 어떡하지?' 너무 수치스러울 것 같았다. 내 마음속으로 '아니야. 2년제 나왔어도 방송통신대에 편입해서 대학원까지 가면 돼. 괜찮아.' 이렇게 나 자신을 다독였다. 2년제 대학 졸업 후 바로 취직했다. 그리고 방송통신대에 편입했다. 계획한 대로 대학원에 들어갔고 졸업까지 했다. 여전히 공부에 대한 아쉬움은 있었다. 직장 생활하면서 영어공부도 틈틈이 했다. 학창 시절의 실패와 공부에 대한 아쉬움이 계속 나를 따라다녔다. 50세가 넘은 지금도 학창 시절과 사회생활에서 겪었던 학벌로 인한 모욕들이 생생하게 떠오른다. 이런 기억들은 지금의 나를 만들었고, 계속 채찍질하는 요인이 됐다. 학벌로 인한 많은 아쉬움이 있었지만 그렇다고 내가 이루지 못한 꿈을 자녀를 통하여 보상받으려는 마음은 없었다. 대신 아이를 훌륭히 키우고자 하는 마음은 늘 나를 따라다녔다.

아이를 임신하면서부터 내 안의 한 인격체를 의식하면서 살았다. 스스로 나 자신을 점검했다. 뱃속의 아기에게 따뜻한 말 한마디, 행동거지를 조심했다. 큰 아이를 출산하고 양육하면서 육아서도 많이 공부했다. 아이를 낳아 키워보지 않았기 때문에 섣불리 키우다가는 실수할 수 있다고 생각했기 때문이었다.

② 부모 자신을 돌아보라

'개구리 올챙이 적 생각 못한다.' 라는 속담이 있다. 부모는 자신의 어린 시절 양육받았던 것들이 몸에 체화되어 있다고 한다. '거울부모' 를 쓰신 권수영 교수님은 여러 부모와 자녀를 상담해 본 결과, 신기하게도 비슷한 공통점이 있다고 말씀하셨다. 사람의 기억 중에 긍정적인 부분은 잘 기억하지만 부정적인 기억은 사람 내면에 축적되어 자기도 모르는 사이에 발현된다는 것이다. 그것이 부모 자녀 간에도 나타난다고 한다.

난 어린 시절 긍정적인 기억보다는 부정적인 기억이 더 많다. 아버지와의 대화단절, 아들선호사상이 깊숙이 스며들어있는 어머니, 어머니의 간질병, 아버지의 외도로 인한 가정파탄, 어두운 집안환경으로 인한 언니들의 자기중심주의, 나의 대학 불합격으로 인한 비난들.

부정적인 기억이 많았지만 긍정적으로 생각하려고 노력했다. 많은 책을 읽고 또 읽고 하나님을 믿고 나 자신을 훈련시켰다. 이런 가정배경이 있었기 때문에 더욱 나의 정체성을 찾으려 노력했다. 무엇보다 중요한 것은 나의 자녀들이었다. 자녀들만큼은 훌륭하게 남부럽지 않게 키워내고 싶었다. 첫 번째 선생님인 엄마의 위치를 충실히 해 내고 싶었다. 자녀들에게 훈계할 것이 아니라 엄마가 바뀌어야 한다고 생각했다. 무엇보다 엄마수양이 절대적으로 필요하다고 생각했다.

③ 알게 모르게 따라 하는 큰 아이

"엄마, 형 웃는 모습이 엄마랑 똑같아."

어느 날 작은 아이가 이렇게 말했다. 난 내가 웃는 모습을 잘 모른다. 나의 웃는 모습을 본 건 결혼식 날 신부대기실에서 찍은 동영상을 통해서다. 활짝 웃는 내 모습이 너무 인상적이었다. '내가 저렇게 웃는구나. 나까지 기분이 좋네. 내가 웃음을 잃지 않았구나.' 참 다행이라고 생각했다. 사람이 행복하면 바라보는 사람도 기분이 좋아진다. 나의 웃는 모습을 큰 아이가 그대로 따라 하고 있었던 것이다. 작은 아이를 통해서 이런 이야기를 들었을 때 놀랐다.

아이들은 부모를 보고 자란다. 무심코 머금은 미소, 툭 던지는 말투, 상대방을 대하는 태도. 아주 작은 부분에 이르기까지 아이들은 부모의 뒷모습을 보고 자라게 된다. 아이는 부모의 거울과도 같다. 부모가 어떠하냐에 따라 아이들도 그런 존재가 되는 것이다. 아이를 보면 부모를 알 수 있다고 한다. 이런 걸 보면 부모 자신을 점검하고 돌아봐야 할 필요가 있음을 알 수 있다.

④ 자녀를 양육하는데 부모의 영향력은 절대적이다.

자녀를 양육할 때 '부모들은 반드시 자기 분석이 필요하다' 라고 소아정신과 신의진 교수님은 말씀하셨다. 아이와의 관계에서 문제가 있다면 아이의 문제라기보다 부모의 문제일 가능성이 더 많다는 것이다. 그래서 먼저 아이를 지적하기 전에 부모 자신부터 점검할 필요가 있다고 하셨다. 나도 어린 시절 어두운 환경 안에 있었기 때문에 아이들에게 어떤 영향을 줄지 궁금했다. 아이들과 문제가 생길 땐 남편이나 가까운 지인에게 물어보기도 했다.

'아니 땐 굴뚝에 연기 나랴.'라는 속담처럼 부모로부터 받은 양육방식대로 자녀를 양육할 확률이 높다고 한다. 난 아이를 낳기 전부터 자녀교육서를 많이 읽었기 때문에 나 자신을 점검하기가 수월했다. 여러 번 반복해서 읽을수록 내 잠재된 것들이 긍정적으로 바뀌게 됨을 느낄 수 있었다. 부모들은 반드시 자녀교육서를 읽어야 한다. 아이의 표정, 말투, 행동이 나의 어린 시절의 모습일 수도 있기 때문이다.

⑤ 아이는 부모의 뒷모습을 보면서 꿈을 키운다.

"부모는 아이의 우주이다."'금쪽같은 내 새끼' 방송에서 오은영 박사님이 하신 말씀이다. 이것은 부모가 자녀의 모든 것이라는 뜻이기도 하다. 아이는 부모가 하는 말과 행동을 보면서 자라게 된다. 의도하든, 의도하지 않든 아이는 부모를 닮아간다. 부모의 모습을 보면서 아이는 꿈도 키워가게 된다. 자녀에게 주변 환경이 얼마나 중요한지 다시금 깨닫게 된다.

부모의 뒷모습을 보면서 꿈을 키워간 큰 아이의 일기 2장을 소개하겠다.

우리 엄마의 직업은 다양하다. 난 우리 엄마가 전문가라는 생각이 든다. 우리 엄마는 하는 일, 했던 일이 많다. 지금은 등산가, 씽크빅 교사, ACN 직원이다. 이제 곧 공부방을 열 것이다. 했던 일을 보면 아주 많다. 솔루니 교사에 부동산, 회사직원 등 돈 벌기 위해서는 무엇이든지 하셨다. 엄마가 아프시지만 일하지 않으면 몸이 더 굳어지고 약해진다고 하셨다. 우리의 집 사정이 안 좋아져서 하는 면도 있다. 우리 엄마는 명확한 직업이 아니시더라도 끝내주게 잘하시는 것도 많다. 김치볶음밥의 맛, 잔치국수의 특별육수, 너구리 라면의 국물의 양 등의 음식을 잘한다. 대학교가 실과, 영양에 관한 곳이어서 그렇다고는 하신다.

나는 선생님이 지금 시기에 가장 1위인 장래희망이다. 나는 선생님이 되고 싶게 했던 원인이 몇 가지 있다. 첫째는 내 동생이 원인이다. 내 동생이 모르는 점이나 공부에 대한 질문을 하고 내가 답해 주는 게 아주 기분이 좋았다. 이번에 엄마가 공부방을 열 때 내가 다른 애들도 가르쳐 보아서 꿈의 길을 펼치고 싶다.

첫째 아이가 유난히 부모를 지켜보는 것 같다. 초등학교 6학년 이었던 큰 아이의 일기를 보면서 나에 관한 것을 속속들이 알고 있구나라는 생각이 들었다. 아이들은 부모의 말로 바뀌거나 행동이 달라지지 않는다. 난 아이들에게 꿈을 찾아주려고 많이 노력했지만 결국 아이들은 부모를 보면서 자연스럽게 꿈을 찾아간다는 것을 알 수 있었다.

02

· · · · · · · · · · ·

아이의 자아 형성은
부모 하기에 달렸다

① 자녀의 자아는 부모의 말과 행동에 의해 형성된다.

'마음의 최소단위는 자아'다.

'자녀의 자아에 사랑을 더하다'를 쓰신 이재연 교수님은 부모가 자녀를 양육할 때 먼저 자신의 자아를 발견하고 생각해 보길 바란다고 말씀하셨다. 부모의 무의식적인 말과 행동이 자녀의 자아형성에 영향을 미칠 수 있기 때문이다. 부모는 자신의 자아를 점검해 볼 필요가 있다.

아이의 마음은 부모의 의도로 만들어질 수 없다. 다만 아이들이 스스로 마음을 만들어 가도록 도와주어야 한다. 이재연 교수님은 아이가 36개월쯤 되면 자아가 형성된다고 말씀하셨다. 이 시기는 대소변을 가릴 때다. 대소변을 가리면서 스트레스를 받게 되고 자아형성에 영향을 준다는 것이다. 만일 엄마가 너무 강압적으로 대소변을 가리게 한다면 아이의 자아 형성에 부정적인 영향을 줄 수 있다. 이때 스트레스를 자연스럽게 넘기는 아이가 있는가 하면 스트레스가 강박증세로 나타나는 아이도 있다. 배변훈련 과정에서 무의식적인 엄마의 표정과 말, 행동에 의해 아이의 자아가 형성되기 때문에 주의가 필요하다.

나도 아이들을 키울 때 기저귀 가는 것이 너무 귀찮아서 대소변 가리는 것을 강요했던 적이 있다. 지금 생각해 보면 너무 후회스러운 일이다. 작은아이 눈썹에 생채기가 있다. 내가 작은아이 대소변 가릴 때 화가 나서 매를 바닥에 내리친 일이 있었다. 그때 아이에게 튕겨져 나가 눈썹에 상처를 냈다. 그 순간 얼마나 놀랐는지. 이런 일이 있고 난 후 어떤 상황에서도 아이들에게 매를 들면 안 되겠다는 생각이 들었다. 엄마는 아이의 자연스러운 성장에 조급해져서는 안 된다. 엄마들은 자녀를 키울 때 지혜로울 필요가 있다. 아이에게 스트레스로 남게 되고 아이의 자아형성에 좋지 않은 영향을 미칠 수 있기 때문이다.

② 엄마가 행복해야 한다.

"행복하세요?"

이렇게 묻는 말에 선뜻 "네, 행복합니다. 너무 행복합니다." 라고 말할 수 있는 사람이 몇이나 될까?

작은아이를 낳고 산후우울증에 걸려 내 마음도 내 몸도 행복하지 않았다. 온몸에 영양분이 다 빠져나가 빈 껍데기가 된 느낌이었다. 한 달가량 시댁 근처 병원에서 산후조리를 했다. 큰아이를 시댁에 맡기기 위해서였다. 내 인생에 있어서 큰 전환점이 되는 시기였다. 무엇이 그렇게 불편했는지? 그때부터 불면증과 산후우울증으로 고생하기 시작했다. 작은아이가 고등학교 3학년이 될 때까지 이 질병과 싸워야 했다. 이때는 정말 나에게는 행복이란 없었다. 그래서 아이들을 키우면서 내 질병으로 인하여 영향이 가지 않을까 걱정이 많았다. 하지만 남편과 하나님에 대한 믿음으로 잘 버텨왔다. 20년가량 고생했다. 나의 모든 생활은 한의원과 병원을 다닌 거였다고 해도 과언이 아니다. 우리 집 아이들은 엄마가 아픈 것에 대한 트라우마가 있다. 다행인 것은 아이들이 자기 할 일을 알아서 하고 나를 힘들게 하지 않았다는 것이다. 내 말도 잘 들어줬다.

2년 전 일이다. 전에 살던 집이 너무 추워서 숲이 보이는 지금의 아파트로 이사 왔다. 이사 온 후부터 등통증이 시작됐다. 새벽마다 엄청난 고통이 찾아왔다. 여러 병원을 다닌 끝에 동네 정신의학과에서 근막통증증후군이라는 진단을 받게 되었다. 항우울증 약을 복용하면서부터 등통증과 20년 동안 고생했던 불면증, 몸의 모든 통증으로부터 벗어날 수 있었다. 그동안 한의원과 병원에서 수천만 원을 쓴 게 허무하기까지 했다. 하지만 극적으로 병원을 옮기면서 나에게 딱 맞는 약을 찾게 되어 몸과 마음이 완쾌된 것이다. 기적이 일어난 것이다. 얼마나 감사했는지. 이제 불면증과 모든 통증으로부터 해방되었다. 나에게 행복이 찾아온 것이다.

자녀들을 키우면서 나에게 '행복'이란 없었다. 하지만 행복하려고 노력했다. 나의 건강상태가 안 좋았기 때문에 자녀들을 더 많이 생각하고 사랑했다. 자녀들에게 부정적인 영향을 주지 않기 위해 정말 최선을 다했다. 이렇게 애를 많이 썼던 것이 아이러니하게도 자녀교육에 더 도움이 된 것이다. 지금은 감히 '너무 행복하다' 말할 수 있다.

엄마가 행복해야 아이도 행복한 것이다. 행복은 행복해서 행복한 것이 아닌 것 같다. 웃겨서 웃는 것이 아니라 웃으니까 기분도 좋아지는 것이다. 이처럼 늘 '난 행복하다', '감사하다', '기쁘다', '좋아진다'라고 자꾸 생각하고 말했다. 이렇게 자기 암시를 하다 보니 좋은 일이 자꾸 생겼다. 엄마가 먼저 긍정적으

로 생각하고 행복하다면 아이도 즐거워하고 행복해지는 것이
다. 난 이렇게 인성교육을 시켰다.

03

. . . .

'경청하기'는 인성교육의
첫걸음이다

① 경청이란

'이청득심'이라는 말이 있다. 귀 기울여 경청하는 일은 사람의 마음을 얻는 최고의 지혜라는 말이다. '중고생 머릿속의 비밀'에서 서진희 양은 사람은 자신이 억울한 일을 당했을 때나 답답하거나 기쁜 일이 있을 때 자신의 이야기를 들어주기를 바란다고 말하고 있다.

우리 아이들은 하고 싶은 말이 많다. 부모는 아이들의 이야기를 잘 들어주는 것이 무엇보다 중요하다. 아이가 자신의 고민과 걱정을 말할 때 부모는 진지하게 들어줄 필요가 있다. '우리 아이에게 무슨 문제가 있는 거지? 내가 어떻게 해결해 줄까?' 아이의 의견을 들어주면서 어떻게 도와줄지 고민할 필요가 있다.

간혹 부모는 아이들의 말을 들어보기도 전에 중간에 말을 끊고 훈계하거나 가르치려는 경향이 있다. 엄마가 해결해 주려는 태도보다는 귀 기울여 들어주는 게 낫다. 들어주기만 해도 대부분 아이의 문제가 해결되는 경우가 많기 때문이다. 아이들은 자신의 눈을 마주 보면서 잘 들어주는 부모의 태도를 보면서 이런 생각을 한다고 한다. '나는 존중받고 있구나. 나는 사랑받고 있구나. 안심이다. 내 편은 역시 부모야.' 잘 들어주는 부모 밑에서 자란 아이들은 성장한 후 상대방의 말을 잘 들어주는 아이로 자라 좋은 인간관계를 형성하게 되는 것이다.

내 아이들이 7세, 9세 때의 일이다. 잘 놀다가도 치고받고 다투는 일이 많았다. 주방에서 일하고 있는데 작은아이가 오더니. "엄마, 근데 형이 나를 때렸어. 원래 이거 내 건데 형이 가져가는거야. 그래서 내가 뺐었는데 형이 나를 막 때리는 거야." 아이들의 싸움은 별거 아닌 것에서 비롯되는 경우가 많다. 듣는 둥 마는둥 주방 일을 계속하고 있으면 작은 아이는 떼를 써가면서 자기 말을 들으라고 난리가 난다. 그러면 나는 아이 얼굴을 보면서 들어준다. 이 모습을 보고 있던 큰 아이는 저만치 있다가 "앙앙" 울어댄다. 그러면 급하게 큰 아이에게 달려가 땀을 닦아주면서 얼굴을 쓰다듬고 안아주면서 이야기를 또 들어준다. 이런 경우가 빈번했기 때문에 난 아이들을 앞혀놓고 타이르거나 한 명씩 불러서 자초지종을 물어보곤 했다. 마음을 안정시키고 잘 다독여주면 금방 둘 다 마음이 풀어져 언제 싸웠냐는 듯이 신나게 뛰어논다. 내가 한 일은 큰 아이, 작은 아이 각각 다 이야기를 들어주기만 한 것뿐이다. 그런데 자연스럽게 일이 해결되는 것을 수시로 경험했다. 만일 크게 혼내거나 매질을 했다면 형제간에도, 부모자녀 관계도 다 안 좋아졌을 것이다.

자녀를 키우면서 있을 수 있는 일은 부부생활, 사회생활에서도 마찬가지 일거다. 내가 고민이 많을 때, 좋은 일이 있을 때 제일 먼저 가까운 사람들에게 말하고 싶지 않은가. 대화할 때 상대방이 고개를 끄덕여 주거나 맞장구를 쳐주면 더 신나게 말하게 되는 체험을 해봤을 거다. 이럴 때 속이 다 후련하고 마음의 안정을 찾게 되지 않는가. 하지만 내가 열심히 이야기하고 있는데 상대방은 딴 데 보고 있거나 반응이 없다면 '내가 무슨 문제가 있나. 나한테 관심이 없네.'라는 생각이 들 것이다. 내 말을 잘만 들어줘도 '나는 사랑받고 있구나.'라고 느끼게 된다는 것이다. 지금이라도 우리 아이들이 하는 이야기를 주의 깊게 들어주기를 바란다.

② 들어주는 만큼 자라는 아이들

부모는 아이가 이야기를 하면 묵묵히 들어주면서 '음, 아! 어머나, 그래!' 이 정도의 추임새만 해 줘도 아이들은 자신이 존중받고 있다고 생각한다. '마주이야기'를 쓰신 박문희 선생님은 아이의 이야기를 들어주는 만큼 아이들은 자란다고 말씀하셨다. 우리 어른들은 대체로 다음과 같은 실수를 많이 한다. 아이가 문제가 생겨 엄마를 찾아왔을 때 엄마들은 그 문제를 해결해 주려고 한다는 것이다. 그리고 훈계하고 교정해 주려고 하는 습성이 있다. 이렇게 해야 아이들을 잘 키우는 것이라고 생각한다는 것이다. 하지만 이것은 도리어 '부모와는 말이 안 통해'라고 생각하면서 마음의 문을 닫을 수 있다. 인성교육이라고 하면 뭐 대단한 것이 아니라 우리의 일상에서 일어나는 과정 속에서 인성이 형성된다는 사실이다.

엄마가 아이를 위해 해준 말이 아이에게는 잔소리로 느껴질 때가 있다. 이런 경우에 역지사지로 입장 바꿔 생각하면 이해하기가 쉽다. 나와 가까운 사람에게 나의 고민을 터놓고 이야기한다고 가정해 보자. 그런데 상대방이 "네가 잘못했네. 이럴 때는 이렇게 했어야지." 라고 말한다면 기분이 어떻겠는가. 이럴 땐 훈계조로 말해주는 것보다 그냥 들어주고 공감해 주는 것이

나은 경우가 더 많다. 우리가 자녀들을 대할 때도 마찬가지다. 먼저 끝까지 들어주고 다독여준 후에 대안을 제시하고 "이런 땐 이렇게 하면 어떨까?"라고 이끌어 준다면 아이 마음도 풀어지고 엄마와 아이의 관계도 더 좋아질 것이다.

작은아이 중학교 2학년 시기, 사춘기를 심하게 겪었다. 중학교 2학년 1학기까지 상위권을 놓치지 않았다. 특히 영어를 좋아해서 외고를 준비하고 있었다. 내신성적이 중요했기 때문에 성적 관리를 잘하고 있었다. 시험기간 중 시험이 끝나고 작은아이한테 전화가 왔다. 영어시험에서 마지막 10분 종을 못 들어 OMR 카드 마킹을 다하지 못하고 답안지를 제출했다는 것이다. 작은 아이는 울면서 어떻게 하냐고 했다. 난 괜찮다고 말해줬고 집에 와서 다시 이야기하자고 했다. 집에 늦게 들어온 작은아이는 절망적인 표정을 하고 있었다. 영어시험을 망쳤으니 외고도 물 건너가게 됐고 공부할 목표도 사라지게 된 것이다. 이때부터 작은아이의 파란만장한 사춘기가 시작되었다. 공부도 싫고. 학교도 싫고. 선생님도 싫고. 그때부터 작은아이는 학원도 빼먹고 노는 친구들과 어울리면서 공부에 소홀해지기 시작했다. 한참 방황했다. 어느 날 작은아이가 이렇게 말하는 것이었다. "엄마, 나 이야기하고 싶어요. 나 너무 힘들어요. 나하고 대화 좀 해줘요."

나는 작은아이에게 "다 괜찮다. 다시 시작하자"라고 말해줬다. 작은아이는 그동안 힘든 것들을 말해내기 시작했다. 학교에서 좋지 못한 친구들과 어울리는 것을 선생님들이 좋게 보지 않는다는 것이다. 오해도 많이 받았다고 했다. "엄마, 내가 청소하고 대걸레 빨아왔는데 ○○선생님이 그 대걸레로 내 발을 짓이겼어. 그때 너무 화가 났어." "그래! 선생님이 왜 그러셨지? 나도 진짜 화나네. 엄마가 한번 알아볼게. 엄마한테 맡겨." 이렇게 말해줬다. 아이는 금세 마음이 풀려 자기 방에 돌아갔다. 사춘기 시기의 아이들을 대할 때 엄마들이 주의해야 할 점이 있다. 끝까지 아이 편에 서는 거다. 나는 학교에 가서 선생님께 이 사실을 이야기했다. 결국 학교 ○○선생님은 작은아이에게 사과하는 것으로 마무리 됐다. 그때 내가 "네가 또 학교에서 문제를 일으키니까 선생님이 그러셨겠지."라고 말했다면 어떻게 되었을까? 작은 아이와의 사이는 금이 갔을 것이다. 난 어떠한 일이 있어도 '아이 편!' 이렇게 생각했다.

엄마는 아이의 이야기를 그냥 들어주고 공감해 주면 된다고 생각한다. 다행인지 모르겠지만 난 천성적으로 말이 많지 않고 그냥 아이들이 스스로 해결하도록 놔두는 편이다. 아이들이 어렸을 땐 오히려 아이들이 더 말이 많았고 난 그냥 들어주는 정도였다. 아이들이 질문하면 간단하게 답해주는 정도만 했다. 길고 장황하게 설명하지도 않았고, 나도 확실히 모르면 "함께 찾아볼까." 정도였다.

우리 부모들은 자녀들보다 먼저 산 사람, 더 많이 아는 사람이라고 생각하지 않기를 바란다. 이런 생각을 하면 가르치려고만 하기 때문이다. 자녀를 너무 잘 키우려고 하지 말고, 설교하지 말고, 자녀들과 눈을 마주치면서 온화한 표정으로 들어주기만 하라고 말하고 싶다. 다만 자녀도 우리와 함께 성장하는 동반자라고 생각하면 어떨까 생각해 본다.

04

· · · · · · · · ·

부모의 공감이 아이의
인성을 만든다

① 나를 먼저 공감하자.

'자녀의 자아에 사랑을 더하다'를 쓰신 이재연 교수님은 다른 사람의 감정을 볼 수 있으려면 먼저 자신의 감정을 읽을 수 있어야 한다고 했다. 그래야 다른 사람을 공감할 수 있다고 한다. 나를 사랑하는 자가 남도 사랑할 수 있는 것이다. 상대방에 대한 공감능력이 부족하다면 나 자신을 먼저 돌아볼 필요가 있다. 나는 진정 나 자신을 사랑하는가? 내가 나를 믿는가? 내가 나를 감싸 안을 수 있는가? 내가 실수하고 잘못한 일이 있을 때 자책하지는 않는가? 생각해 볼 필요가 있다. 나를 꼭 안아주자. 이름도 불러주면서 "ㅇㅇ아 넌 참 괜찮은 사람이야." 때로는 거울을 보면서 "ㅇㅇ아 사랑해, 다 잘될 거야." 라고 말해보자.

둘째를 낳고 산후우울증에 걸렸을 때 머리부터 발끝까지 아팠다. 잠도 잘 자지 못해 아침마다 짜증이 났다. "짜증 나, 피곤해" 라는 말을 입에 달고 살았다. 어느 날 ○○한의원에 갔을 때 원장님께서 말씀하셨다. 그렇게 말하면 내가 듣는다고. 그렇게 말하지 말라고 하셨다. 아침에 깨어나면 "상쾌한 아침이야. 기분 좋아. 오늘 최고야. 사랑해" 이렇게 긍정의 말을 하라고 하셨다. 그래서 원장님 말씀대로 아침에 눈을 뜨면 "오늘 하루 주셔서 감사합니다." 라고 말하면서 하루를 시작했다. "괜찮아. 좋아지고 있다."를 입에 달고 살았다. 사람이 죽으라는 법은 없다더니 내 경우를 두고 하는 말인 것 같다.

'다 내 마음먹기에 달렸다.'

아이들을 키우면서, 내 몸을 관리하면서 느낀 거다. 마음건강이 몸 건강에도 영향을 미친다. 긍정이 긍정을 낳고 부정이 부정을 낳는다. 실제로 몸이 아픈 경우, 마음까지 약해지면 더 아프게 느껴진다고 한다. 내 몸도 내가 주도할 수 있다고 생각한다. 어떻게 마음먹느냐에 따라 몸도 따라가기 때문이다.

② 아이의 마음을 공감하자.

아이들은 자신을 무시할 때 가장 힘들어한다. 그리고 상처도 오래 남는다. '무시'는 한자어로 '보지 않는다. 관심이 없다'를 뜻한다. 어른들도 간혹 상대방과 싸울 때 "나 무시하는 거야." 하지 않는가. 어른들도 무시당하면 기분 나빠한다. 아이들은 오죽하랴. 투명인간 취급하는 '무시'가 더 심해지면 '괄시하다', '멸시하다'가 되는 것이다.

따뜻한 눈빛으로 자녀를 바라봐 주는 것은 무엇보다 중요하다. 난 상대방 눈을 쳐다보면서 대화하는 게 익숙지 않다. 왠지 쑥스럽기도 하고, 어색하기도 하다. 상대방과 대화를 하다가도 눈길을 피하는 경우가 종종 있다. 상대방 이야기를 잘 들어주는 편인데도 눈을 쳐다볼 수 없을 때가 많다. 눈을 보면서 대화를 나누는 것이 너무도 중요한데도 말이다. 상대방 눈을 보는 것이 쑥스럽고 어색하다 할지라도 눈을 마주치면서 대화를 나누어 보리라. 다짐해 본다.

'눈은 마음의 창'이라고 말한다. 자녀와 대화할 때 눈을 쳐다보면서 대화를 나누는 것은 무엇보다도 중요함을 다시 강조하고 싶다. 다만 고개만 끄덕이는 것이 아니라 자녀의 마음 속에 들어가 자녀의 심정이 되어주자. 이야기를 들어줄 때 자녀의 손을 잡아주는 것도 좋은 방법인 것 같다. 자녀의 얼굴도 쓰다듬으면서 "그랬어. 힘들었겠구나. 이리 와 안아줄게." 머리도 쓰다듬어 주고. 등도 토닥토닥 두드려주고. 이렇게 한다면 자녀들의 마음도 녹아들지 않겠는가.

나의 어린 시절, 자고 있을 때 엄마가 양말을 벗겨준 게 가끔 생각난다. 엄마가 양말을 벗겨줄 때 그 손길을 잊을 수 없다. 얼마나 따뜻했는지. 마음도 푸근해지곤 했다. 엄마의 손길을 통하여 내가 사랑받고 있구나 느낄 수 있었다. 우리의 자녀들도 그럴 것이라 생각한다. 엄마의 무조건적인 사랑이 아이 마음을 얻을 수 있다. 내가 받은 것처럼 우리 자녀들에게도 사랑과 공감이 전달됐으면 좋겠다.

③ 부모는 자녀의 마음을 헤아릴 줄 알아야 한다.

나의 어린 시절, 어머니는 늘 이런 말씀을 하셨다. "너는 내가 몸이 아플 때 가진 아이야. 내가 몸이 너무 안 좋아 아기를 지우려고 병원에 갔는데 의사 선생님께서 "아기를 낳아야 건강해집니다 해서 낳은 거야." 어린 나에게 왜 이런 말을 하셨는지 알다가도 모를 일이다. 엄마가 아니었으면 너는 이 세상에 태어날 수 없다는 것을 알려 주려고 했던 걸까. 어느 날은 이 말도 덧붙였다. "너는 다리 밑에서 주워 왔어." 엄마의 말 한마디가 얼마나 치명적인 상처를 줄 수 있는지 몰랐던 걸까?

엄마의 부정적인 말이 아이에게 좋지 않은 영향을 줄 수 있기 때문에 항상 주의가 필요하다. 무심코 내뱉지 않는지 점검해야 한다. 내 어린 시절 기억 때문에 '내 자녀들에게는 그렇게 하지 말자.' 다짐했다. 자녀를 대할 때 조심 또 조심했다. '이 말을 했을 때 상처받지 않을까?' 생각하면서 말이다. 너무도 순수한 우리 아이들에게는 말도 골라가면서 해야 한다. 난 이렇게 아이들의 마음을 헤아렸다.

작은아이 낳고 난 후 산후우울증과 불면증으로 평생을 고생했지만 결단코 "이건 네 탓이야. 너를 낳고부터 엄마가 아팠어." 라고 아이에게 말해 본 적이 없다. 병의 원인을 찾기 위해 의사 선생님에게 말한 것 외에는 우리 아이들에게 말하지 않았다. 말하지 않아도 이미 아이들은 느끼고 있었다. 굳이 말을 해서 상처받게 하고 싶지 않았다. '그러니까 너희들이 잘해야 한다.' 라고 부담 주고 싶지 않았다.

작은아이는 미국 사립대인 보스턴대학에 재학 중이다. 주립대에 비해 등록금이 더 비싼 대학이다. 아이의 장래를 생각할 때 등록금이 비싸도 보내야겠다고 생각했다. 이것을 알게 된 한 지인은 이렇게 말했다. "우리 딸은 일리노이 주립대 나왔어요. 왜 비싼 사립대를 보낸 거예요? 주립대에서 1등 하면 돼요. 아들에게 열심히 하라고 하세요." 이렇게 말씀하셨을 때 나는 "그렇게 말하기 싫은데요." 딱 잘라 말했다. "지가 알아서 하겠죠. 저는 아들이 잘할 거라고 믿어요. 괜찮아요." 부모가 너를 위해서 이렇게 돈을 많이 쓰고 있다고 말하면서 열심히 해야 한다고 말했다면 작은 아이는 벌써 정신병자가 되어 있을 것이다. 이것이 얼마나 큰 부담이 되는 말인가.

한국과 다르게 미국대학은 엄청난 공부량을 요구한다. 보스턴 대학 컴퓨터 사이언스 학과에서는 수업 이외에 하루 6~7시간, 매일 새벽 2시까지 공부하지 않으면 진도를 따라갈 수 없다고 한다. C- 받으면 그냥 F로 처리한다는 것이다. 과중한 공부량으로 버텨내기가 쉽지 않다. 이럴 때면 나와 남편은 늘 작은아이에게 "한 학기, 한 학년 나중에 더하는 게 뭐가 문제가 되느냐. 전혀 문제될 게 없다. 걱정하지 말아라. 괜찮다. 부담 없이 해라." 이렇게 말해 줬다. 그러면 작은아이는 "아니에요. 제 학년에 끝내야 해요. 저는 절대 포기 안 해요. 지금 포기하면 나중에 사회에 나가서도 포기할 수 있어요." 이렇게 말하는 것을 보면서 얼마나 고맙고 기특했는지 모른다.

둘째 언니 딸도 캐나다에서 고등학교, 대학교까지 다니고 졸업한 지 10년이 지났다. 그때 언니가 조카에게 했던 말이 생각난다. "네가 캐나다에서 학교 다닐 때 환율이 얼마나 높았는지 알아? 달러가 가장 비쌀 때였어." 이런 말을 조카에게 하는 것을 보고 너무 놀랐다. 어떻게 돈 얘기를 자기 자녀에게 할 수가 있는 건지 의문이 들었다. 비싸건, 싸건 부모가 결정해서 보낸 건데 환율이 높았던 이야기를 하다니. 어처구니가 없었다. 듣고 있던 조카 표정도 좋지 않았다. 결과가 어떻게 나오든 본인이 최선을 다하면 되는 것이고, 좋은 회사 들어가든 그렇지 않든 그것도 그 사람의 몫이고 인생이라고 생각한다.

어쨌든 자녀에게 상처가 될 수 있는 이야기, 위축되게 하는 이야기는 하지 말아야 한다. 부모는 자녀를 대할 때 자기 자신을 대한다고 생각하고 말과 표정, 눈빛을 다정하게 보내라고 말하고 싶다. 듣고 있는 자녀들의 마음을 잘 헤아리고 배려하는 마음자세를 가졌으면 한다. 부모의 공감을 정의 내리라고 한다면 '자녀에 대한 배려'라고 말하겠다. 나만 생각하는 사람은 배려를 이해할 수 없다. 자녀를 나의 동반자로, 엄마와 함께 자라는 하나의 인격체로 여긴다면 말 한마디도 생각 없이 하지 않을 것이라 생각한다.

05

. . . .

학습법보다 자녀의
마음 건강을 먼저 챙겨라

① 아이의 마음을 헤아리자.

'교육의 목적은 기계를 만드는 것이 아니라 인간을 만드는 데 있다.' 사상가인 장자크루소가 말했다. 대부분의 부모는 자녀가 공부를 잘하기를 바란다. 그리고 좋은 대학에 합격하고 좋은 직장에 다니기를 원한다. 이게 인생의 목적인 것처럼 말이다. 나도 예외라고 말할 수는 없다. 자식이 잘되기를 바라지 않는 부모는 없을 것이다. 때로는 부모는 이렇게 말한다. "다 너를 위해서 그러는 거야. 너는 공부만 열심히 하면 돼." 자녀는 부모가 시키는 데로 따라가게 마련이다. 자신이 어디로 가는지 조차 모르면서 말이다. 왜 공부해야 하는지도 불분명한 경우가 많다. 사실 자녀들은 자신의 꿈을 명확하게 정한 후에 공부하는 경우는 많지 않다.

나는 다른 엄마들처럼 아이들이 공부를 잘하기를 바랐다. 그래서 자녀 교육서를 열심히 읽었다. 거기에는 초등학교 1학년 등교 첫날이 중요하다고 쓰여 있었다. 그래서 입학 첫날부터 큰 아이에게 저녁까지 문제집을 풀렸다. 중간고사 시험 준비도 철저히 시켰다. 시험결과가 나왔을 때 큰 아이에게 물었다. "너희 반에 100점 몇 명이야? 건주는 몇 점 맞았어?" 큰 아이는 "엄마, 나 국어 80점 맞았어." 라고 했다. "100점이 그렇게 많은데 너는 80점을 맞았다고? 그럼 건주는 빵점 맞은 거나 마찬가지야." 라고 말했다. 다음날 큰 아이는 평소보다 집에 늦게 들어왔다. 큰 아이는 "엄마가 했던 말 때문에 너무 화가 나서 집에 안 들어오려고 했어." 이렇게 말하는 것이었다. 큰 아이에게 얼마나 미안했는지 모른다. 그 이후로는 점수얘기를 하지 않았다. 여전히 공부는 시켰지만 시험결과보다는 과정을 중시했다. "오늘 해야 할 공부를 했으면 됐다." 이렇게 말해줬다. 물론 100점 맞는 아이들이 부러웠고 우리 아이도 그랬으면 좋겠다는 마음은 있었다. 하지만 내 뜻대로 되지 않았기 때문에 다만 받아들이기로 했다.

큰 아이 초등학교 시기, 그날 해야 할 공부를 해놓지 않으면 야

단도 많이 쳤다. "오늘 할 일 했니? 안 했네. 왜 안 했어? 빨리 해, 엄마 앞에서 해"라고 엄포를 놓기도 했다. 큰 아이는 "엄마, 저는 매일 할 일을 자꾸 잊어버려요. 그냥 해라라고 얘기해 주세요."라고 말하는 것이었다. '아이들은 우리가 생각하는 것처럼 행동으로 옮겨지지 않는구나.'라는 생각이 들었다. 그때부터 "건주야, 오늘 할 일 해라."라고 말해 줬다.

나를 비롯한 모든 엄마들은 아이를 키워본 적이 없는 초보엄마들이다. 특히 큰 아이를 키우면서 엄마들은 실수를 많이 한다. 자녀교육에 관한 공부를 했음에도 불구하고 실제로는 엄마 방식대로 키우게 된다. 어린 새싹과도 같은 자녀들 마음속에 비수를 꽂지 않도록 부모들은 말과 행동을 조심해야겠다.

② 자녀의 마음을 얻어야 한다.

난 다른 엄마들 못지않게 교육열이 높은 편이다. 자녀들만큼은 학벌로 인한 서러움을 받게 하고 싶지 않았다. 하지만 자녀들에게 강요하지는 않았고, 다만 엄마로서 최선을 다했다. 평상시 공부하는 습관을 강조했다. 결과가 비록 좋지 않아도 오늘 할 일을 다했으면 잘했다고 칭찬했다.

큰 아이 초등학교 4학년 때 일기를 소개하겠다.

홍보

우리 엄마는 씽크빅 선생님이시다. 나는 엄마가 돈을 벌어 우리에게 잘해주시려고 열심히 하시는 것 같다. 나도 엄마랑 같이 하고 싶다고 말하려고 했는데 용기가 나지 않았다. 엄마는 참 훌륭하신 것 같다. 엄마가 수업이 없는 날은 우리를 위해 힘쓰신다. 우리 엄마는 정확하게 하시려고 엄하게 대하실 때도 있고 잘하면 칭찬을 해주신다. 엄마는 우리를 정말로 사랑하시는 것 같다. 엄마는 우리의 공부하는 것을 돌봐주시기만 할 뿐 아니라 모든 것을 돌봐 주신다. 우리 아이들이 엄마가 아예 없었다면 지금쯤 4학년이 10kg 도 안되었을 것이고 거의 맨날 50점 이하일 것이다. 우리 엄마도 선생님처럼 놀 때는 놀고 공부할 때는 공부하라고 하신다. 우리 엄마는 씽크빅을 하시면서 논술도 봐주시고 수학, 국어, 사회, 과학에다가 영어까지 봐주신다. 어제 내가 기말 평가문제집 푸는 것을 보시고 엄마는 문제가 어렵다는 것을 아셨다. 우리 엄마는 후회를 하셨다. 하지만 나는 괜찮다. 이제부터 엄마가 더 잘해주시면 되는 것이다.

나는 아이들과 편지로 자주 소통했다. 엄마의 마음도 전하고 아이의 진솔된 마음도 알기 위함이었다. 아이의 진짜 속마음을 알아야 내가 어떻게 아이들을 대해야 할지 알 수 있기 때문이다.

작은 아이 초등학교 3학년, 5학년 때 엄마, 아빠에게 쓴 편지를 소개하겠다.

사랑하는 우리 엄마, 아빠의 어버이날이네요. 저는 항상 엄마 아빠께 감사한 마음을 가지고 있어요. 제가 힘들 때 용기를 주시고 위로를 항상 해주시고 제가 기쁠 땐 같이 웃어주셔서 정말 감사합니다. 저한테 맛있는 음식 많이 사주셔서 감사하고 여행도 같이 가서 너무 즐거운 것 같아요. 그런데 저에 대해 너무 걱정하시진 마세요. 저도 이제 밥도 알아서 먹을 정도는 되거든요. 어쨌든 어버이날 축하드립니다. - 찬주가

사랑하는 엄마께
엄마, 저 찬주예요. 지난주 토요일에 제가 대들어서 많이 속상하셨죠? 그때는 형이 내 말을 안 믿어서 화가 났는데 제 마음을

몰라주셔서 대들고 말았어요. 또 제가 정식으로 사과도 못 드렸고요. 그래도 그때 엄마가 먼저 손을 내밀어 주셔서 정말 감사했어요. 앞으로는 엄마에게 화도 내지 않고 착한 아들이 될게요. 사랑해요.

부모는 자녀와 마음을 터놓고 진솔한 대화를 나누어야 한다. 편지는 서로의 속마음을 알 수 있는 좋은 소통수단이라고 생각한다. 부모가 먼저 자녀에게 편지를 써보자. 그러면 자녀들도 편지로 화답할 것이다. 편지를 통하여 서로의 속마음을 알게 될 때 믿음을 견고하게 쌓아갈 수 있을 것이라 생각한다. 서로를 믿어주는 마음, 따뜻한 사랑이 화목한 가정을 열어갈 것이다.

06

. . . .

공부보다 중요한 것은
따로 있다

① 인성교육은 공부보다 중요하다.

대부분의 부모가 자녀에게 바라는 것은 '건강하게만 자라다오.'일거라 생각한다. 하지만 많은 부모 마음 속에는 우리 아이가 공부를 잘하기를 바라고 좋은 직장에 들어가서 성공하는 것을 원할 것이다.

난 공부보다 인성이 더 우선되어야 한다고 생각한다. 인성이 합당하면 공부와 사회생활, 앞으로의 인간관계 모두에 영향을 미치기 때문이다. 바른 인성이 더해지지 않은 우등생, 사회지도자는 존경받지 못한다. '나만 잘되면 돼.'라는 식의 인생은 아름답지 못할 뿐더러 본받을 게 없다고 생각한다. 최근 일부 정치 지도자들만 봐도 그런 면이 없지 않다. 인성이 사회전반에 필요한 이유다.

부모들은 '인성이 중요하지'라고 말하지만 실제로는 그렇지 않은 경우가 더 많다. 독서논술에 오는 아이가 이런 말을 한 적이 있었다. "우리 엄마는요. 공부에 관계되면 집이라도 사주려 한다니까요." 인성교육이 제대로 되어야 공부도 잘할 수 있고 인생도 행복해질 수 있다.

아이들에게 어린 시절부터 한 말이 있다. "공부는 잘하는데 부모에게 함부로 대하거나, 감사할 줄 모르는 아이는 다 소용없다." 큰 아이 초등 3~4학년 시기, 자기도 돈이 있으면서 나에게 사달라고 한 경우가 있었다. '건주도 돈 있으면서 왜 엄마한테 사달라고 할까?'라는 생각이 들었다. 그리고 엄마 생일인데 필요치 않은 선물을 하는 걸 보고 '내가 혹시 인성교육을 잘못 시키고 있는 건 아닐까?'라는 생각이 들었다. 사춘기 땐, 부모가 사 준 것들을 당연한 거라고 생각하는 것 같아 크게 혼낸 적도 있었다. "건주야 네 침대, 책상, 의자 이런 것들 다 엄마 아빠가 고생해서 산 거야. 감사할 줄 알아야 한다."

아이가 아무리 똑똑하고 공부를 잘해도 사람 됨됨이와 인격이 제대로 갖추어지지 않는다면 '밑 빠진 독에 물 붓기'와 같을 것이다. 나만 생각하는 이기주의, 배려심 없는 마음, 부정적인 마

인드가 아이들 마음 밭에 뿌리내리지 않도록 부모는 신경 써야
할 것이다.

② 아이들이 편안해야 공부도 잘 된다.

정학경 컨설턴트가 쓰신 '인성이 내 아이의 인생을 바꾼다.' 책
에 이런 내용이 나온다. 2016년 OECD가 발표한 '학생웰빙 보
고서'에 따르면 전 세계 15세 학생 54만 명을 대상으로 삶의
만족도를 조사한 결과 우리나라가 OECD 48개국에서 47위를
기록했다는 내용이다. 점점 10대들의 학업 스트레스가 높아져
아이들의 정서적 건강상태가 심각한 수준에 있다. 많은 가정들
이 자녀들의 공부와 스마트폰 사용으로 인한 부모 자녀 간의
전쟁도 끊이지 않는다.

독서논술에 오는 아이들 중에 똑똑하고 공부도 잘하는 초등 4
학년 남자아이(가명 지훈)가 있다. 부모가 맞벌이라서 자녀 케어
가 어려워 학원을 7군데나 다니고 있다. 집에 있으면 아이가 스
마트폰이나 TV를 많이 볼 수밖에 없어서 이렇게 학원을 보내
는 거라고 했다. 지훈이는 수업할 때마다 늘 불안해 보였고,
스트레스가 많아 보였다. 그다음 스케줄을 생각하고 있었고 해
야 할 공부도 많았다. "선생님, 수학학원 갔다 온 거예요. 여기

있다가 영어 가야 돼요." 마음도 급하고 생각할 여유도 없었다. 특히 자기 생각 쓰기를 무척 싫어했다. 그냥 빨리 끝내고 싶어했다. 지훈이를 보면서 '왜 엄마들은 아이들이 조금만 쉬고 있어도 논다고 생각하는 걸까?' 이런 생각이 들었다. 나도 그랬는지도 모른다. 내 아이들도 집에서 뒹굴고 있으면 보기 싫었다. 스마트폰만 들여다보고 있으면 화부터 났다. 나도 그랬는데 무슨 말을 하랴. 내가 언급하는 요지는 아이들에게 쉬는 시간은 반드시 필요하다는 것이다. 이것도 아이들마다 차이는 있다. 내 아이에 맞게 엄마가 조절해야 되는 문제라고 생각한다. 아이와 대화로 서로 풀어나가야 할 문제다. 아이들은 기계가 아니다. 부모가 원하는 대로 자녀를 통제할 수 있다고 생각하는 것은 잘못된 것이다. 지금은 아직 어리지만 곧 사춘기가 되면 그 뒷감당을 어찌 감당할지 걱정스러울 따름이다.

지금은 어른 아이 할 것 없이 너무도 바쁜 시대다. 예전처럼 밖에서 신나게 뛰어노는 아이가 없다. 그래서 아이들이 밖에서 놀고 싶어도 놀 아이들이 없어서 못 논다고 한다. 집에 있으면 TV, 핸드폰만 하기 때문에 학원을 보내는 것 같다. 학원도 많이 다니고 공부할 것도 많아 아이들이 힘들 것 같다는 생각이 들었다.

아이들은 밖에서 신나게 뛰어놀게 하고, 자기가 하고 싶은 것도 하게 하면서 발산을 시켜줘야 한다. 그렇지 않으면 스트레스를 풀 수 없어 불안한 아이, 산만한 아이가 될 수밖에 없다. 아이들은 정서가 안정되어야 공부도 잘 되는 법이다. 우리 부모들은 아이의 성향에 맞게 학원도 취사선택하고, 아무것도 안 하는 시간도 주도록 했으면 좋겠다.

③ 배려하는 아이로 키우자.

정학경 컨설턴트는 '인성이 내 아이의 인생을 바꾼다' 에서 비인지 능력을 언급하고 있다. 비인지 능력이란 IQ와 같이 측정이 가능한 능력이 아닌 종합적인 '인간력' 으로 정신적 건강, 공감능력, 끈기, 인내심, 자기 조절력, 사회성을 말한다. '그릿' 의 저자인 앤절라 더크워스 교수는 자기의 목표를 끝까지 이루기 위한 힘을 그릿으로 표현하고 있다.

인성교육 중에 특별히 '배려' 를 강조하고 싶다. 작은 아이 중학교 시기, 친구들 중에는 집안이 불우하거나 한 부모가정 또는 엄마가 말기암인 아이도 있었다. 집에 와서 작은 아이가 친구들 이야기를 했다. "아 그렇구나. 너무 안됐다. 네가 잘 돌봐 주어라." 내가 작은아이 친구들을 동정해 주니 작은아이도 친구들을 잘 챙겨주는 것이었다. 주말에는 그 친구들을 교회에 데려오기도 했다. '찬주가 친구를 배려하는 마음을 갖고 있구나.'

'배려(마음을 움직이는 힘)'에서 한상복 작가님은 상대방의 관점에서 바라보는 것이 결국 너와 나를 위한 배려 라고 말씀하셨다. 배려의 실천 포인트 중에서 상대가 원하는 것을 주며, 받기 전에 먼저 주는 것이라는 부분이 인상 깊었다. 우리도 자녀를 양육할 때 배려의 마음으로 양육하면 어떨까 생각해 봤다.

지훈이가 속해있는 모둠과 수업할 때의 일이다. 지훈이는 다른 아이보다 공부를 잘해서 먼저 끝내는 경우가 많았다. 지훈이는 친구가 못하고 있는 것을 보더니 친구에게 자기가 쓴 것을 보여주는 것이었다. 지훈이에게 말해줬다. "그렇게 하면 안 된다. 그건 친구를 위한 일이 아니야." 나의 말에도 아랑곳하지 않고 지훈이는 계속해서 친구에게 보여줬고 그 친구는 힐끗힐끗 보면서 쓰는 것이었다. 며칠 후 지훈이 어머니께 수업 때 있었던 일을 말씀드렸다. 상대방에 대한 배려심이 얼마나 중요한지. 앞으로는 실력보다는 인성, 공감능력이 더 중요해질 거라고 말씀드렸다. 어머니와 상담한 후 지훈이의 태도가 달라지기 시작했다. 친구에게 답을 보여준다든지 내가 더 많이 알고 있다는 것을 내세운다든지 하는 행동을 하지 않았다. 아이들이 서로 존중하고 배려하는 자세를 보면서 아이들은 부모 하기 나름이구나라는 생각이 들었다. 우리가 먼저 그 중요성을 깨닫고 본을 보여야겠다는 생각을 했다.

부모들은 공부에는 정성을 쏟는데 인성교육에는 많은 관심을 보이지 않을 수 있다. 인성교육이 표면적으로 드러나는 부분이 아니고 우리나라와 같이 경쟁사회에서는 더더욱 그 중요성을 피부로 느끼지 못한다. 자녀가 공부를 잘하기를 바란다면 인성교육을 먼저 시켜야 할 것이다.

07

· · · · · · · · · · ·

부모의 태도가 스트레스를
다스리는 아이로 만든다

① 부모가 먼저 스트레스를 관리하자

난 어머니와 상담할 때 이렇게 말한다. "어머니, 아이들은 자꾸 바뀝니다. 초등학교, 중학교, 고등학교 계속 아이들은 바뀝니다. 아이들이 어떻게 바뀔지 몰라요. 그러니 느긋하게 생각하고 지켜봐 주세요. 지금의 모습이 다가 아니에요. 저도 아들 둘을 키워보니까 그렇더라고요. 그러니 아이들을 단정 짓듯이 말씀하시면 안 돼요."

'그렇다.' 우리가 자녀들을 키울 때 늘 유념해야 한다. 우리의 자녀들은 아직 완성되지 않았다는 것을. "너는 게임중독이야. 너는 아무 쓸모없는 존재야. 넌 문제가 많아." 이렇게 말씀하시지 않기를 바란다. '인간지사 새옹지마' 라고 하지 않았던가.

'인간세상 모든 일은 새옹지마이니 당장의 결과로 연연하지 말라.' 라는 뜻으로 전해진다.

모든 부모는 자녀가 공부를 잘해서 성공하기를 기대한다. 하지만 이러한 기대가 부모 자신도 모르게 불안한 요인이 될 수 있다. '놓아주는 엄마 주도하는 아이'(윌리엄 스틱스러드, 네드 존슨)에서 '부모의 불안이 아이를 통제하게 되고 자녀는 거기에 대해서 반항으로 이어지며 다시 그 반항은 부모의 불안을 높이면서 악순환이 계속된다.' 라고 말하고 있다. 양희은씨가 쓴 에세이 '그러라 그래' 책제목처럼 여유 있게 생각해 보면 어떨까. '세상만사 다 그렇고 그렇습니다. 사는 게 다 그렇지 뭐. 인생 뭐 있나.' 이런 마음가짐으로 살면 어떨까.

내 양육방침은 '믿어준다. 기다려준다. 욕심을 버린다.' 이다. 부모가 먼저 안정을 찾을 필요가 있다. 부모가 불안해하면 자녀도 불안해지게 마련이다. 자녀들은 너무 민감해서 부모가 말하지 않아도 그 느낌으로 부모의 마음상태를 간파한다고 한다. 부모는 늘 편안하게 어떤 문제도 심각하게 받아들이지 말고 유연하게 대처해야 할 것이다.

② 부모의 편안함이 아이의 편안함이 된다.

부모는 느긋하고 차분할 필요가 있다. 미래에 대한 걱정 근심도 내려놓아야 한다. 난 하나님을 믿고 있기 때문에 여기에 너무 익숙하다. 아이들을 최선을 다해 양육하고 교육시켰지만 그 결과에 크게 연연하지 않았다. 특히 아이들이 어렸을 땐 더욱 그랬다. 아이들이 초등학교 땐 그릇을 만드는 단계라고 생각했다. 큰 그릇을 만드느냐, 작은 그릇을 만드느냐는 부모 하기에 달려있다. 자녀교육은 장거리 레이스라는 것을 분명히 알 필요가 있다. 아이가 실수한 것, 실패한 것, 잘한 것으로 일희일비하지 않기를 바란다. 난 늘 아이들에게 오늘 해야 할 일을 완수했으면 됐다라고 얘기해 주곤 했다. 시험결과나 반 등수에 신경 쓰지 않은 것은 아니지만 크게 염두에 두지는 않았다. 시험결과가 잘 안 나왔으면 '우리 아이는 대기만성 형인가 보다' 라고 생각했다. '대기만성형이 아닌들 어쩌겠는가.' 다만 부모로서 자녀 양육에 최선을 다해보자라고 생각했다.

난 하나님께 맡겨 놓았기 때문에 마음이 편안했다. 엄마가 먼저 편안하고 행복하면 아이들도 집을 좋아하고, 엄마를 좋아하게 되는 것이다.

작은 아이 초등학교 4학년 때 나에게 쓴 편지를 소개하겠다.

엄마 아빠 드디어 어버이날이 되었네요. 매 순간마다 저를 낳아 주신 것에 대해 감사해요. 항상 저를 위해서 많은 돈 쓰신 거 나중에 제가 그 돈 갚아드릴게요. 항상 저를 귀하게 여겨주시고 걱정해 주셔서 감사해요. 제가 요즘 엄마 핸드폰이나 TV 등을 많이 한다는 것을 느꼈는데 엄마가 이렇게 조금 하도록 해 주시는 것에 대해 전혀 기분이 나쁘지 않고 오히려 고마운 마음이에요. 제가 지금보다 영어공부나 다른 공부를 잘한다고 생각할게 아니라 성실히 공부한다는 생각을 가지고 더 열심히 공부할게요. 그러니까 너무 걱정하시지는 마세요. 항상 저를 걱정하고 사랑해 주셔서 감사합니다.

우리 부모님의 좋은 점 Best 5 : 1. 자상하다. 2. 점수얘기를 안 하신다. 3. 부지런하시다. 4. 우리를 위해 돈을 많이 쓰신다.

③ 스트레스를 다스리는 아이로 키우자.

'인성이 내 아이의 인생을 바꾼다' 를 쓰신 정학경 컨설턴트는 세계명문 사립학교들은 공통적으로 예체능활동을 강조하고 있다고 말씀하셨다. 예체능활동이 스트레스 관리에 도움을 주기 때문이라고 한다. 부모는 자녀가 공부를 잘하기를 바란다면 아이의 스트레스가 무엇인지 그리고 어떻게 하면 발산할 수 있는지 찾아봐야 한다. 스트레스를 발산하지 않고 그대로 쌓아둔다면 병이 될 것이고 나중에는 한계점에 도달하여 어떤 형태로 분출될지 모른다. 하지만 우리 부모들은 당장 공부가 급하고 성적이 중요하기 때문에 여기까지 생각이 미치지 못하는 것 같다.

난 아이들이 스트레스를 제때 잘 풀어서 고비를 잘 넘겼다. 작은 아이는 초등학교 때부터 축구를 했다. 작은아이는 "엄마, 내가 초등학교 때 엄청나게 운동을 해서 중학교 때 공부를 할 수 있었던 거야. 축구하고 오면 공부가 더 잘 돼." 이렇게 말하곤 했다. '남자아이들은 역시 발산을 해야 하는구나.' 물론 여자아이들도 자기 나름대로 좋아하는 것을 찾아 스트레스 관리를 해야 한다. 어쨌든 누구나 어떤 형태로든 돌파구가 필요하다.

큰 아이는 중학교 1~2학년 때 게임에 빠져 있다가 중학교 3학년이 되면서 본격적으로 공부하기 시작한 경우다. 2년 동안 소홀히 했던 공부에 매진해서 고등학교 가서 전교권에 들어가게 됐다. 큰 아이가 그렇게 변할 줄 몰랐다. 내가 계속 공부를 권유하고 이 학원 저 학원 알아보러 다녀도 마음을 못 잡더니 중학교 3학년 되면서 올 A를 받고부터 공부에 재미를 붙였던 것이다. 그렇게 해서 고등학교 생활을 잘해 왔는데 또 한차례 고등학교 2학년이 되면서 태풍이 몰아쳤다. 어느 날 이렇게 말하는 것이었다. "엄마, 내 인생은 뭐고, 앞으로 무엇을 해야 할지도 모르겠고, 꿈도 못 찾았어요. 맨날 공부만 해야 되고 다른 친구들은 게임으로 스트레스를 푸는데 난 게임도 끊었고, 뭐가 뭔지 모르겠어요." 참 암담했다. 그러더니 갑자기 서울 강남으로 랩과 댄스를 배우러 다니고 싶다고 했다. 괜찮은 학원도 찾아보았다는 것이다. 큰 아이가 "엄마, 등록시켜 줄 수 있어요?"라고 물었을 때 난 그 자리에서 "그럼 해 줄 수 있지. 랩, 댄스 배우러 다녀라." 라고 말해줬다. 큰 아이는 너무 신나해 하면서 자기 방에 들어갔다. 그날 이후로 '어떡하나.' 고민하기 시작했다. 평소 국어학원 선생님과 큰 아이 교육문제로 이야기를 해오던 터라 상의해 봐야겠다고 생각했다. 선생님께서는 아는 남자영어선생님이 랩을 잘하신다고 하셨다. 무료로 코칭 해 주시겠다는 것이다. 난 너무 기뻐서 큰 아이에게 말했다. 큰 아이도 너무 좋아했고 6개월 동안 동네 카페에서 랩을 배우게 되었다. 큰 아이는 랩을 배우는 동안 너무나 행복해 했다. 6개월이 지난 후 다시 공부페이스로 돌아갔다. 큰 아이가 이렇게 말했다. "엄마, 이제 됐어요. 랩은 그만해도 되겠어요. 저 공부해야 돼요."

그때부터 순탄하게 고등학교 생활을 이어갔다. 고등학교 3학년까지 아무 문제없이 공부에만 매달리는 아들이 되었다.

'자녀를 믿고 기다려주면 다시 제자리를 찾는구나.'라는 것을 느꼈다. 다만 부모가 차분하게 그 상황을 받아들이고 현명하게 대처하는 게 중요함을 깨달았다. 그럴 때 자녀도 자기가 가야 할 길을 잘 찾아갈 수 있는 것이다.

08

환경을 이겨내는 아이의
긍정마인드

① 엄마가 먼저 긍정하는 사람이 돼라.

한의원에 침 맞으러 갔을 때의 일이다. 내 나이 또래로 보이는
여자 중풍환자가 있었다. 나도 혈관계 질병이 있었기 때문에
저절로 눈이 갔다. 침을 맞고 나가면서 몇 마디 이야기를 나눴
다. 어쩌다 젊은 나이에 중풍이 왔냐고 물어보니 혈압으로 중
풍이 왔다고 했다. 미혼이었고 근처 교회에서 산다고 했다.
"제가 결혼을 안 해서 딸린 식구가 없어요. 다행이지요." 그분
은 이렇게 말씀하셨다. "사람들은 위만 쳐다보고 살아요. 아래
를 보고 살아야 하는데. 나보다 더 힘든 사람도 있을 텐데. 나
는 그래도 살만하죠. 저는 그래도 하나님과 함께 사니 행복해
요." 환하게 웃으며 교회로 들어갔다.

그분을 보면서 이런 생각이 들었다. '저분은 감사하면서 사시는구나.' '왜 하필 나한테 이런 시련이 온 거지?'라고 한탄하지 않고 '나보다 힘든 사람도 많다.' 이렇게 긍정적으로 생각하고 있었던 것이다. '나도 저런 상황이었다면 감사할 수 있었을까?'

"나는 돈 복이랑 건강 복이 없어." 예전에 집과 건강을 잃었을 때 한 말이다. 너무 힘든 나머지 체념하면서 살 때였다. 하지만 신세 한탄 한다고 더 나아진 건 없었다. 말이라도 해야 답답한 마음이 풀어지긴 했다. 난 마음을 고쳐 먹었다. '지금은 힘들지만 긍정적으로 생각하자.' 10여 년 전에 알고 지냈던 지인이 이렇게 말해준 적이 있었다. "반드시 좋아져요." 이제야 이 말뜻을 알 것 같다. 돈이든, 건강이든 내 마음먹기에 달린 것이다. 돌아가신 엄마도 나에게 이렇게 말씀하셨다. "다 되어간다." 나는 더 긍정적으로 생각하려 노력했고, 좋아지기 위해서 부단히 노력했다. 그러다 보니 나에게 행운이 찾아왔다. 남편이 대기업에 입사하고 큰 아이가 의대에 합격하게 된 것이다.

지금 생각해 보면 나의 노력의 산물이 아닌가 싶다. 긍정하려고 노력했고, 부정적으로 생각하지 않고 매사에 감사하는 마음의 결과물이었다. 그래서 지금은 너무나 행복하다. 우리에게 주어진 기본적인 인간생활이 당연한 것이 아니다. 다 감사할 일이다. 우리가 맛있는 것을 먹을 수 있고, 잠잘 수 있고, 책을 볼 수 있고. 이것이 다 감사할 일이다.

② 부모가 긍정할 때 아이도 긍정하여 환경을 이겨낸다.

'모든 것은 기본에서 시작한다' 에서 손웅정씨는 손흥민이 경기에 나갈 때마다 이렇게 말했다고 한다. "오늘도 마음 비우고 욕심 버리고, 행복한 경기하고 오너라. 삶을 멀리 보고 욕심을 내려놓아라."

자기가 직면한 위기와 환경을 이겨내는 데 부모의 역할이 얼마나 중요한지 손흥민 아버님을 통해 알 수 있었다. 부모가 먼저 마음을 비우고, 욕심을 내려놓을 때 가능하다. 애쓴다고 되는 문제는 아니다. 아이들은 부모가 하는 말이 아닌 부모의 행동을 통해 배우게 된다. 그리고 닮아간다. 공부도 마찬가지다. 자녀교육에 있어서 부모가 어떤 마음자세로 서 있느냐에 따라 자녀도 그렇게 길러진다. 부모의 욕심이 앞선다면 부모 자신도 조급해지고, 자녀도 조급해져 어떤 상황이 왔을 때 자신의 실력을 제대로 발휘하지 못하게 된다.

긍정은 받아들임이요. 내려놓음이요. 잘 될 거라고 믿는 마음이다. 인생은 마라톤이다. 무엇이든 조급하게 마음먹고 달려든다고 되는 건 아니다. 느긋하게 때를 기다리는 자에게 좋은 결과가 따라오게 된다.

③ 아이의 긍정마인드

우리나라 높이뛰기 선수인 우상혁 선수를 모르는 사람은 거의 없을 것이다. 우상혁은 짝발과 단신의 한계를 딛고 한국 육상 선수의 한 획을 그었다. 경쾌한 동작으로 응원을 유도하고 실패해도 웃는 '스마일 점퍼'로 알려져 있다. 우상혁 선수의 내면의 힘은 '긍정의 힘'이었다. 자기 상황을 바라보고 위압적인 상대를 생각하면 자기가 작아지는 느낌이 들 것 같지만 우상혁 선수는 거기에 굴하지 않고 스스로 단련한 듯 보였다. 결국 운동선수든 가수든 성공한 사람을 보면 그 안에 뭔가 존재함을 알 수 있다. 그 것은 '긍정마인드'다. 자기를 믿는 마음. 욕심을 내려놓는 마음. 즐기는 마음. 이런 마음이지 않았을까.

큰 아이는 어려서부터 욕심이 많은 아이였다. 학교에서 공부도 잘하고 싶어 했다. 하지만 큰 아이 초등시절, 공부 면에서 두각을 드러내지 못했다. 공부를 도와주면 도와줄수록 성적이 낮아지기만 했다. 초등학교 5학년 땐 학습지 외에 과목별 문제집까지 풀게 했다. 과중한 학습 탓이었는지, 큰 아이에게 틱장애가 생기고 자꾸 멍 때릴 때가 많았다. 내가 공부시키는 대로 따라와 주었지만 아이는 받아들이기 어려웠던 모양이었다. 욕심은 많고 잘하고는 싶은데 학교성적은 안 나오고. 점차 큰 아이와 난 지쳐가기만 했다. 급기야 한의원을 찾았다. 진단검사를 해본 결과 의사 선생님께서 이렇게 말씀하셨다. "이 아이는 나중에 엄청난 힘을 발휘할 거예요. 남자아이들은 중학교 3학년 때 피치를 올려요. 그냥 놔두셔도 될 것 같아요." 나는 그때부터 손을 놓고 기다리기로 했다.

큰 아이는 중학교 1, 2학년 때 자기 실력에 기대를 가지고 있었지만 뜻대로 되지 않았다. 하지만 자기를 믿는 마음은 유지하고 있었다. 중학교 3학년 때 모든 과목에 올 A를 받게 되면서 나도 하면 되는구나라고 생각하고 공부에 매진하게 되었다. 고등학교에 진학하고 3학년이 되었을 땐 밥 먹는 시간 빼고는 공부만 했다고 한다. 3학년 때 이렇게 열심히 했지만 자신이 원하는 대학에 합격하진 못했다. 깊은 고민 끝에 재수를 결정하게 된 것이다. 재수학원에 들어가서는 1년 동안 옆 사람과 한마디도 안 하고 공부만 했다고 한다. 수업과 자습이 끝나면 밤 10시가 되었는데 기숙사까지 걸어가면서 엄마와 아빠에게 하루도 빼놓지 않고 전화를 하는 것이었다. 그럴 때 우린 큰 아이에게 늘 격려의 말을 해 줬다. 전화로 기도해 주고 성경말씀도 읽어줬다. 엄마와 아빠가 주는 용기로 공부에 몰입할 수 있었다고 했다.

큰 아이가 고등학교 2학년 때 나에게 쓴 편지를 소개하겠다.

엄마 안녕하세요. 저 건주예요. 오늘은 바로 엄마의 생신입니다. 짝짝짝.

평소에 저와 찬주가 엄마 속을 많이 썩이는데 그럴 때마다 한 번씩 읽으세요. 항상 제가 학교 갈 때 깨워주시느라 너무 감사해요. 정말 엄마가 없었다면 저는 연쇄 지각생이 되었을 거예요. 매일 저희를 위해 알아보러 다니시고, 좋은 음식 챙겨주시고 힘나게 해 주시느라 수고 많으셨을 거예요. 아직 여유가 많이 없어서 대화도 많이 못하고 선물도 큰 걸 사드리진 못하지만 나중엔 세상 최고 효도남이 되겠습니다. 지켜봐 주세요. 아무리 힘드셔도 저희 생각하면서 힘내시고 긍정적인 마음을 가지세요. 물론 지금도 많이 긍정적이시지만. 앞으로 어떤 일이 있을지 모르니까요. 항상 positive mind!! 벌써 쉰이 넘으셨고 저도 곧 20대가 될 텐데 그때부턴 엄마 바라기 건주가 될게요. 다시한번 생신 축하드리고 오늘 하루 행복하게 보내세요. 사랑해요 엄마.

이런 편지를 받을 때마다 난 정말 복덩이구나 라는 생각을 금할 수 없다. 세상을 다 얻은 것 같다. 과거에 고생했던 것을 이제서 보상을 받는구나 라는 생각을 하게 됐다. 나는 아들에게 전화를 받고 끊을 때는 꼭 "전화 줘서 고마워."라고 말한다. 그러면 아들도 얼마나 좋아하는지. 팁을 드리자면 이렇게 긍정하고 고마워하면 아들도 전화를 더 자주 한다는 사실이다. 그래서 부모가 먼저 긍정마인드로 장착해야 하는 것이다. 그러면 자녀들도 자연스럽게 따라오게 된다.

부모의 믿음이
아이의 자존감 형성의
밑거름이다

01

. . . .

아이를 한사람의
인격체로 대하라

① 아이를 있는 그대로 받아들여라.

부모는 아기가 태어나는 순간 말할 수 없는 기쁨을 느낀다. 나도 아기를 만날 생각에 기대되고 설렜다. 처음 아기를 보았을 땐 신비롭기만 했다. 이것도 잠시. 아기가 성장하면서 여러 상황을 만나게 된다. 그냥 바라만 봐도 예쁜 때가 있는가 하면 어떤 땐 밉기도 할 것이다. 나중엔 아이와 갈등도 겪는다. 육아가 부담스러워지고 짐이 되기도 한다. 육아가 왜 힘든 걸까? 혹시 내 아이를 내 가치관으로, 내 철학으로 키우고 있는 건 아닐까? 아이를 내 소유물로 생각하고 있는 건 아닐까? 생각해 볼 필요가 있다.

아이의 초등학교 시기, 공부로 엄마와 싸우는 경우가 많을 것이다. 완성해 놓지 않은 숙제를 아이는 했다고 하고, 엄마는 그걸로 혼내면서 아이와 부딪치기 시작한다. 엄마는 아이가 거짓말하는 것을 용납하지 못하고 그걸 바로 잡아야 한다고 생각하면서 문제는 더 커지게 된다. 때로는 아이 방이 너무 어질러져 있는 경우, 정리문제로 아이와 부딪치는 경우도 있다. 엄마는 이런 것들을 어릴 때 바로잡지 않으면 습관이 될 수 있다고 생각하기가 쉽다. 아이들의 거짓말, 정리정돈 등의 문제로 엄마가 어떻게 대처하느냐에 따라 아이에게 상처를 줄 수도 있고 그렇지 않을 수도 있다.

지인 한분과 아이문제로 상의한 적이 있었다. 자기 딸 방에 들어가기가 너무 싫다는 것이다. 여기저기 벗어 놓은 옷가지들로 화가 머리끝까지 솟아오른다는 것이다. "애들이 다 그렇죠, 그냥 신경 쓰지 말아요." 교회의 한 지인도 "우리 아들은 정리할 줄을 몰라요. 너무 힘들어요." "그냥 신경 쓰지 마세요. 그러려니 하세요." 이렇게 말씀드리면 "지금 안 잡아주면 습관이 될까 걱정돼요." "그렇지 않아요. 오히려 그 문제를 가지고 아들과 부딪치면 더 힘들어져요." 이렇게 말씀드렸다.

나도 아이들과의 문제로 힘든 적이 많았다. "너 왜 숙제 다 했다고 그래. 안 했잖아. 빨리해." "엄마 앞에서 해." 아이들의 작은 거짓말은 그 순간을 어떻게든 모면하기 위해서 하는 것쯤은 알고 있었다. 물론 나도 아이들에게 상처 주는 말을 안 했다고 볼 수는 없지만 아이들의 인격까지 손상시키진 않았다. 방 정리 문제에 있어서 우리 집도 할 말은 많다. 특히 남자아이들 2명이나 키우니 오죽하겠는가. 특히 작은 아이 방은 아예 들어가지도 않고 쳐다보지도 않는다. 발 디딜 틈도 없고 벗어놓은 옷이 수북하기 때문에 정리할 수도 없었다. 어느 날 작은 아이는 이렇게 말했다. "엄마, 미국 애들은 나보다 더해." 그냥 난 일주일 간격으로 대걸레를 갖다 놓고 "치워라. 찬주야." 라고만 말했다. 일주일 지나도 안 치우면 또 "치워라 찬주야" 이렇게 말해도 안 치우면 내가 대청소를 해 줘버린다. 어떤 날은 자기도 미안했던지 2~3주 만에 한번 치우곤 했다. 이런 경우에서도 난 지혜를 배운다. 좋게 얘기하고 그래도 안 들으면 또 좋게 얘기하고 그래도 안 들으면 내가 한다.

아이들과 문제가 생겼을 때 우리 엄마들은 흥분을 가라앉히고 차분하게 아이들과 대화로 풀어가야 할 것이다. '애들은 아직 다 큰 게 아니다.' '스스로 깨달을 날이 오겠지.' 이렇게 생각해 보면 어떨까. 설령 그런 때가 오지 않는다 해도. 있는 그대로 받아들이면 어떨까.

② 아이를 한 사람의 인격체로 대하라

신의진 교수님은 '현명한 부모가 꼭 알아야 할 대화법'에서 아이에게도 체면이 있다라고 말씀하셨다. 그래서 아이를 혼낼 때에도 아이의 체면을 손상시키지 말 것을 당부하고 있다. 보통 부모들은 '아이에게 체면이 있겠어?' 라고 생각한다는 것이다. 그렇기 때문에 부모는 자녀에게 말로 실수하는 것이다. 자녀가 잘못한 일이 있을 경우 자녀의 인격을 모독하는 말을 거침없이 한다든지 아니면 자녀의 잘못을 지적함으로 체면을 손상시킨 다든지 하면서 말이다. "너는 왜 항상 그 모양이니. 너는 이미 게임중독이야. 너는 왜 이렇게 자신감이 없어." 이런 비난은 전혀 도움이 안 되는 말들이다.

아이에 대해서 정의 내리고 규정짓는 이러한 말을 반복해서 들었을 때 아이들은 그런 평가를 사실로 받아들인다고 한다. '아 나는 왜 이럴까. 나는 잘 못하는 아이구나.' 와 같이 부정적인 이미지를 갖게 된다고 한다. '부모와 십대 사이'를 쓰신 하임 G. 기너트 교수님은 아이들이 이런 평가를 내 이미지로 받아들여 나중에는 머리를 쓰는 일조차 처음부터 포기한다고 한다. 조롱과 평가를 받고 싶지 않기 때문이다.

난 막내로 자라다 보니 부모보다는 큰 언니의 보살핌을 많이 받고 자랐다. 아직도 기억이 생생한 것이 있다. 초등 1학년 시기, '잃어버리다'와 '잊어버리다'를 명확하게 구분하지 못해서 구박받은 일이 있었다. 한번은 큰 언니가 나를 집 밖으로 데려가더니 이걸 익히게 하려고 화를 내면서 가르쳤던 것이 기억난다. 그래서 어른이 된 지금도 사람들이 보는 앞에서의 평가를 두려워한다. 마음이 편안하면 알 수 있는 것도 평가받는다는 생각이 들면 아무것도 생각이 나질 않는다. 많이 극복했는데도 사람들의 평가에 긴장하는 나 자신을 발견할 때가 있다.

난 전문대를 졸업하고 회사생활하면서 방송통신대에 편입했다. 학사졸업하고 건국대학교 농축대학원에 입학했다. 5학기를 이수한 후 논문 쓸 때가 됐다. 논문 지도를 받기 위해 지도교수님을 찾아갔다. 나와 후배, 2명이 연구실에서 논문지도를 받았다. 지도받고 있는 내 옆에서는 대학원 학생들이 공부하고 있었다. 교수님은 설명을 해주시면서 질문을 하셨는데 내가 답변을 하지 못했다. 답답하셨는지 주식으로 예를 들어가면서 말씀하셨다. 갑자기 다그치듯 질문하시는 것이었다. 난 머리가 하얘지면서 자신감이 없어지고 아무 생각도 나지 않았다. 지도교수님은 나에게 "이것도 몰라? 언니가 돼 가지고 그것도 몰라? 으이그, 옆에 동생한테 좀 배워." 하시는 것이었다. 아! 그

때 얼마나 절망적이었는지 모른다. '후배 앞에서 선배를 묵사발 시키시다니.' 나중에 옆에서 공부하고 있었던 학생들이 "교수님이 너무 하셨어." 라고 했다. '다 보는 앞에서 망신을 주시다니. 저런 분이 존경받는 교수님이란 말인가. 그것도 하나님을 믿는 분이...' 나중에 난 생각했다. '나는 절대 저런 사람이 되지 말아야지.'

난 고등학교 3학년 시기, 교회 중고등부 모임에 갔었는데 일대일로 성경말씀을 들을 때가 있었다. 교회선생님께서 말씀을 전해주셨는데 영어로 표현해야 하는 부분이 있었다. 내가 잘 모르겠다고 하니 선생님은 나에게 "고등학교 3학년이 그것도 몰라." 이렇게 말하는 것이었다. 나는 너무 비참했고 교회에 나가고 싶지 않았다. '왜 이런 일이 아직도 기억에 남아 있는지 모르겠다.' 성인이 된 나도 그런데 아이들은 어떻겠는가. 항상 우리 부모들은 자녀들에게 그리고 교사들은 학생들에게 말 한마디, 행동 하나 조심해야 할 것이다. 우리 아이들은 다 느끼고 있기 때문이다. 아이를 한 사람의 인격체로 대하도록 하자. 물론 모든 인간관계에서도 마찬가지다. 상대방에 대해서 예의를 갖추고 배려하는 마음을 갖도록 노력해야 할 것이다. 커가는 어린 새싹과도 같은 아이들을 조심스럽게 대하도록 하자.

02

. . . .

아이를 있는 그대로
인정할 때 생기는 일

① 아이들은 다 달라요.

'내 안에는 사자가 있어. 너는?' (가브리엘 레클리마글, 자코모 아그넬로 모시카 그림) 그림동화책을 소개하겠다.

'세상에는 셀 수 없이 많은 아이들이 있어요. 아이들은 저마다 다르답니다. 똑같은 아이는 하나도 없어요. 이 아이는 토끼 같아요. 언제나 이리저리 바쁘게 뛰어다니죠. 가만히 좀 있어보라니까. 잠깐 멈춰봐!" 사람들이 한 목소리로 외쳐요. 토끼 아이를 행복하게 하려면 자유롭게 뛰어놀 수 있는 공간을 마련해 주세요. 이 아이는 거북이 같아요. 느려요. 정말 느려요. 토끼 아이와는 정반대죠. "빨리빨리 좀 해!" 어른들은 다그쳐요. 거북이 아이를 행복하게 하려면 서두르지 마세요. 거북이가 토끼보다 목적지에 먼저 도착할 수도 있답니다. 나비 같은 아이가 있어요. 섬세하고 보드라운 아이죠. 나비처럼 가냘픈 날개가 부스러지지 않도록 조심해야 해요. 나비 아이를 행복하게 하려면 자유롭게 날게 해 주세요. 잠자리채로 잡아 가두면 영영 날지 못할지도 몰라요.'

이 동화책 이야기처럼 모든 아이들은 제 각각 성격도 다르고 기질도 다르다. 수줍음이 많은 아이, 말수가 적은 아이, 잠시도 가만있지 않는 아이, 급한 성격을 가진 아이, 답답할 정도로 느린 아이, 목소리가 큰 아이, 섬세한 아이, 거친 아이.

부모 마음에 꼭 드는 아이가 아니더라도 아이를 있는 그대로 인정해 주자. 그럴 때 아이들은 자신감을 갖게 된다. 내가 인정받았다는 이유로 더 인정받기 위해 더 노력할 것이다.

난 독서논술에서 다양한 아이들을 만난다. 남자아이인데도 목소리가 개미소리 같이 작은 아이가 있는가 하면 수업시간에 너무 말이 많고 떠드는 아이도 있다. 어떤 5학년 여자아이는 도마뱀을 너무 좋아해서 도마뱀 이야기만 하고 도마뱀에 관계된 책만 좋아하는 아이도 있다. 어떤 2학년 여자아이는 무슨 생각을 그리도 많이 하는지, 표현은 하지 않고 생각만 하는 아이도 있다. 내가 한 가지 깨달은 것은 아이들이 제 각각 성격도 다르고 성향, 기질이 달라도 모든 아이들은 다 소중하다는 것이다. 이 그림동화처럼 아이들을 대할 때 인내심을 갖고 지켜봐 주고, 그냥 내버려 둘 필요가 있다. 어른이 보기에 이해할 수 없어도 지금 당장 바꾸려 하지 말고, 아이가 자기를 찾을 때까지 기다려 주었으면 좋겠다.

② 아이들은 인정받을 때 만족감을 느낀다.

난 자녀들에게 책을 읽어주면서 아이들 책에 관심을 갖게 됐다. 아이들 책에 관심을 갖다 보니 관련된 직업이 없을까 생각해 봤다. 우연히 독서논술교사 양성과정을 보게 됐다. '자녀들 독서지도에 도움도 되고 돈도 벌 수 있겠구나.' 이렇게 시작하게 된 것이다. 큰 아이 초등학교 1학년 때 시작해서 지금까지 하게 됐다. 처음에 시작할 땐 내 아이를 잘 키우기 위함이 컸다. 내가 먼저 배워서 자녀들에게 도움을 주고 싶었다. 내가 독서논술교사가 돼서 우리 아이들이 공부를 잘하게 되었는지도 모른다.

독서논술을 계속 하고 싶은 이유는 아이들과 함께 책을 읽고 이야기 나누는 게 재밌기 때문이다. 그리고 순수한 아이들을 잘 이끌어 주고 싶은 마음에서다. 난 독서논술에 오는 아이들을 보면 어떻게 하면 실력을 향상시킬 수 있을까? 어떻게 하면 아이들이 자신감을 갖고 공부할 수 있을까? 고민한다. 내가 만든 '책사랑 독서논술'은 그야말로 책을 사랑하고 좋아하는 아이들로 만들고 싶은 마음에서 나온 것이다. 상처받은 마음을 치유해 주고, 공부에 지친 아이들이 쉬어갈 수 있는 그런 곳으로 만들고 싶다. 아이들 하나하나 귀한 아이들, 존중해 주고, 꿈을 갖게 하고, 용기를 심어줄 수 있는 그런 선생님이 되고 싶다. 아이들을 가르칠 때도 아이들 마음을 만져주면서 책에 흥미를 갖도록 노력하고 있다. 아이들의 이야기를 잘 들어주는 선생님, 아이들과 눈을 마주쳐주는 선생님이 되어야겠다고 생각했다.

독서논술에 처음 온 아이인 경우 첫 수업 후 전화를 드린다. 아이 엄마와 통화할 때마다 "선생님, ㅇㅇ이가 수업이 아주 재미있었데요."라고 말씀하신다. 선생님으로서 학생들에게 이런 말을 들으면 얼마나 보람이 있는지. '특별히 재미있게 수업한 것 같지 않은 데 아이들은 수업이 재미있었다고 하니 무슨 일이지?' 곰곰이 생각해 봤다. 아이와 책 읽은 내용을 서로 이야기하고 글을 쓸 때 "아, 그렇지. 맞아요. 아주 잘했어요. 그럴 수 있겠다." 인정해 주었던 것이다. "잘했어, 근데 이건 틀렸네. 다시 해볼까. 그렇지. 잘했고." "너, 사탕 좋아해? 선생님이 하나 줄까. 당 충전하면서 해 보자." 잘한 것은 크게 말하고 조금 부족한 것은 "괜찮아." "다시 해보자." 이렇게 말한 것이 아이로서는 '수업이 재미있었다.' 라고 느끼게 한 건 아닐까.

아이들은 인정받으면 좋아하고 만족감을 느낀다. 막대사탕이라는 보상까지 받으니 얼마나 좋았겠는가. '내가 잘했나 보다.' 이렇게 생각하지 않겠는가. 난 어떤 의도를 가지고 대한 건 아니었다. 순수한 동기로 아이들을 대했을 뿐이다. 아이들을 단지 어린아이라고만 생각하지 말고 하나의 인격체로 존중하면서 대했으면 한다.

③ 아이를 있는 그대로 인정할 때 생기는 일

'믿음 주는 부모, 자존감 높은 아이' 를 쓰신 현승원 대표님은 학창 시절 평범한 아이였다고 한다. 부모님께 받은 자존감 덕분에 큰 성공을 거뒀고, 어떠한 위기에도 좌절하지 않는 사람이 되었다고 한다. 자라면서 있는 그대로 인정받고, 사랑을 받았다는 것을 의미한다.

아이들은 가능성이 있는 존재임을 늘 명심해야 한다. 무한한 잠재력이 있는 아이들, 나중에 어떤 사람이 될지 아무도 모르는 일이다. 그렇기 때문에 다만 우리에게 주어진 자녀들을 소중히 품고, 있는 그대로 받아들여야 하는 것이다. "너는 왜 항상 하는 게 그 모양이니. 너는 누구 닮아서 그렇게 굼뜬 거야. 정신을 어디에 놓고 다니는 거니." 이런 유의 비난조의 말은 아이들을 위축되게 할 뿐이다. 반항심만 생기고 부작용만 낳게 한다. 늘 부모들은 자녀들에게 말 한마디, 행동하나 조심해야 한다.

나도 아이들을 키울 때 실수한 일이 있었다. 아이들이 초등 고학년이 되었을 땐 꿈을 찾아주어야 하지 않을까 생각했다. 그래서 빌게이츠, 워런 버핏 등의 인물이야기 책을 많이 권해 줬다. 작은 아이가 중학교 들어가서는 공부를 잘하길래 특목고를 준비해 보자고 했다. 학교 동아리나 봉사활동을 열심히 하라고 알려줬다. 한 번은 작은 아이에게 꿈을 찾아야 더 구체적인 진로를 정할 수 있다고 말해주고 꿈을 찾아보자고 했다. 시간이 가도 작은아이가 아무 이야기도 하지 않길래 나는 조급한 마음으로 꿈을 찾았냐고 물어봤다. 작은아이는 계속 아무 이야기도 하지 않았다. 오히려 짜증스럽게 답변하곤 했다. '아, 내가 아이에게 계속 꿈에 대해서 재촉하고 있구나.' 라는 생각이 들었다.

얼마 전 EBS에서 하는 프로그램 중에 다큐프라임(학교폭력 공감 프로젝트)을 방송한 적이 있었다. 이제 입학한 중학교 1학년 대상으로 한 프로그램이었다. 학교 강당에서 사회자가 질문했을 때 그렇다고 생각하면 앞으로 나오는 방식이었다. 질문 중에 인상 깊었던 것은 "나는 아직 꿈을 정하지 못했지만 괜찮다고 생각한다라고 생각하는 학생들은 앞으로 나오세요." 였다. 아이들은 이 질문을 듣고 한참을 생각하더니 표정이 진지해지기 시작했다. 많은 아이들이 앞으로 나왔다. 이 프로그램이 끝나고 한 여학생에게 인터뷰한 게 있었는데 그 여학생은 "이 질문을 듣고 약간 좀 슬펐어요. 근데 왜 울고 있는 거죠? 꿈이 없어서 나중에 어른이 되어서 할 수 있는 게 없을까 봐 걱정을 좀 했는데, 그런 질문이 나오니까 괜찮다는 말을 들어보고 싶긴 했어요. 그래서 나갔어요. 쟤네들도 나처럼 아직 꿈이 정해지지 않았나? 그런 생각을 했어요."라고 말하는 것이었다. 서로에게 위로가 되는 순간이었다. '중학교 1학년 아이들도 인생에 대해서 고민이 많구나. 꿈은 적어도 있어야 하지 않나. 이렇게 생각하고 있구나. 누군가가 꿈이 아직 없어도 "괜찮아"라고 말

해주기를 얼마나 원했을까.'

부모들의 조급한 마음으로 아이들을 대한다면 아이들은 불안해질 것이다. 아이들은 어른들로부터 "그래도 괜찮아"라는 말을 듣고 싶어 한다. 그럴 때 아이들은 자기의 길을 스스로 더 잘 헤쳐나갈 것이다. 우리 부모들은 다만 아이들을 믿고 기다려주기만 하면 되는 것이다. 아이를 있는 그대로 인정할 때 아이들은 자신감을 갖고 자신의 인생을 잘 헤쳐나갈 것이다.

03

· · · · · · · · · ·

부모의 기대와 아이의
자존감은 반비례한다

① 부모의 기대치가 높으면 생기는 일

독서논술을 방문해서 수업한 적이 있었다. 아이 엄마와 통화한 후 테스트하러 갔을 때의 일이다. 아이 책상 앞에는 다 맞은 고난도 수학문제집이 펼쳐져 있었다. 어머니는 보란 듯이 자랑스러운 표정이었다. 아이 스케줄도 너무 많아서 수업 잡기도 힘들었다. '이 많은 스케줄을 초등 3학년이 소화해 낼 수 있을까?' 어머니는 "테스트할 때 제가 있으면 우리 아이는 표현을 잘 못해요. 제가 나가 있을게요." 하시고는 나가셨다. 테스트하는데 아이는 말도 안하고 글쓰기도 힘들어했다. '아이는 똑똑한데 표현하는 걸 힘들어하네.' 테스트를 마치고 어머니께 결과를 알려드리고 나왔다. 어머니가 너무 완벽하시고 꼼꼼하셔서 아이가 자기 실력을 마음껏 발휘하기 쉽지 않을 것 같다는 생각이 들었다. 결국 난 그 아이의 수업을 진행하지는 못했다. 어머니께서는 나보다 더 꼼꼼한 선생님을 찾고 있었다.

요즘 어머니들은 고학력에 실력이 출중하신 분들이 많은 것 같다. 본인이 그렇게 살았으니 자녀도 그렇게 살기를 바랄 것이다. 난 언니들이 두 분이 계시는데 큰 언니는 중학교 교사였고 작은 언니는 연구원의 박사님이시다. 그러다 보니 언니들의 자녀에 대한 기대도 컸을 것 같다는 생각이 들었다. 본인이 잘했기 때문에 자기 자식도 당연히 잘할 것이라 생각했을 것이다. 하지만 그리 만족스럽지 못해 하셨다. 언젠가 큰 언니 딸인 조카가 이렇게 말했다. 자기가 고등학생 때 엄마랑 다투다가 엄마가 이런 말을 했다고 한다. "너 그렇게 할 거면 당장 이 집에서 나가." 조카는 웃으면서 나에게 이렇게 말했다. "집을 나가라면 어디로 가란 말이야. 기가 막혔다니까요." 아직 성인이 되지 않은 아이에게 이렇게 상처 주는 말을 하다니. 조카가 어떻게 했는지는 모르겠지만 부모가 자녀에게 할 말은 아니라고 생각한다.

지인 중 한 분은 중고등학교 시절, 시골에서 살다가 도시로 학교를 다녔다고 했다. 그 부모님은 자녀들을 위해 도시에 방을 얻어줬다고 했다. 형제 자매들이 같이 살림하고 학교를 다녔다고 했다. 지인은 막내딸이었지만 새벽부터 언니들 도시락 싸주고 밥 해 먹이면서 함께 학교를 다녔다고 했다. 집에서 부모님과 함께 살아온 나로서는 좀 특이해 보였다. 지인은 막내딸이었지만 가장 고생이 많았다고 했다. 그렇게 언니들과 본인 챙겨가면서 공부해서 대학, 대학원까지 다녔다고 한다. 결혼해서는 박사까지 통과하셨다. 이렇게 살다 보니 몸에 배여 부지런하고 못하는 게 없을 정도다. 지인은 결혼해서 아이들을 낳고 키우면서 계속 직장생활을 하고 있다. 그런데 지인은 자녀들과 트러블이 많았던 모양이었다. 자기 자녀들은 자기와는 너무 다르게 게을러 보인다고 했다. 본인이 자랄 땐 자기 할 일도 알아서 했고 공부도 잘했는데 자기 자식은 그렇지 않아서 너무 속상하다는 것이다. 은연중에 본인이 살아온 방식대로 자녀들에게 요구하고 비교했던 것이다. 당연히 자녀들과 부딪치게 마련이다. '모범생이었던 부모님 밑에서 자라는 자녀는 또 얼마나 힘들었을까.'

② 부모 기대가 높으면 아이의 자존감이 낮아진다.

'우리 아이를 위한 자존감 수업'을 쓰신 임영주 교수님은 자녀에 대한 부모의 기대 수준을 낮추면 자녀의 성취감을 높일 수 있고, 자신감도 높아진다고 하셨다. 자녀에 대한 기대가 높은 분은 대체로 욕심이 많다. 자녀가 잘한 것은 당연하다 생각하고 못한 것은 지적하려 든다. 그리고 칭찬에 인색한 경우도 많다.

아이들은 본인이 성취한 것에 인정받기를 원한다. 모든 일에 목표를 높게 잡으면 어른들도 도달하기 어려워 무기력해지고 시도조차 못하지 않는가. '나는 할 수 없는 존재야.' 아이들이 이렇게 생각하지 않도록 주의해야 한다. 부모는 아이에 대한 목표치를 조금 낮출 필요가 있다. 그것을 이루어 냈을 때 성취감은 한없이 높아질 것이다. 더 나아가 더 도전하려고 할 것이다. 너무나 간단하지 않은가. 하지만 이게 쉽지 않다. 부모 스스로 마음을 비우고 욕심을 내려놓는 훈련부터 시작하는 것이 좋다. 사소한 일상에 감사하기를 배우자. 부모의 이런 모습을 보면서 아이들은 자존감이 커갈 것이다.

난 고등학교 때 공부를 잘한 편은 아니었다. 그래서 자녀들에 대해 큰 기대를 갖진 않았다. 다만 임신하고 낳고 키우면서 엄마공부를 많이 했다. 아이들이 잘하면 좋고 그렇지 않아도 상관없고. 이런 식이었다. 난 자녀를 키우면서 편안했고 행복했다. 아이에게 책을 읽어 주는 게 좋았고 아이들과 노는 것도 재미있었다. 큰 기대를 갖지 않았는데 아이들이 너무 잘해 줘서 고마울 따름이다. 마음을 비우고 늘 감사하며 아이들을 사랑으로 키웠다. 아이들에게 "공부할 땐 열심히 하고 놀 땐 신나게 놀아라."라고 말해줬다. 매일 아이들이 하는 공부를 체크하고 도와줬다. 시험 결과가 어떻게 나오든 크게 동요하지 않았고 "오늘 공부했으면 됐다."라고 말해 주고 기다려줬다. 이렇게 키우다 보니 결국 명문대에 합격하게 된 것이다. 다만 마음을 비우고 편안하게 결과보다 과정을 중시하고 매사에 감사한 것이 비결이지 않았을까 생각했다.

04

· · · · · · · · · ·

아이가 공부를 잘하기를 바란다면
믿어주는 것이 먼저다

① 아이를 먼저 믿어주자

부모는 아이를 못 미더워하는 경향이 있다. '우리 아이는 아직
어려. 내가 해 주는 게 낫겠어.' 은연중에 이렇게 생각하기 쉽
다. 그러면서 엄마가 그 일을 대신해 주기도 한다. 어떤 땐 엄
마 생각대로 결정하고 아이에게 하라고 시키기도 한다. 우리가
생각하는 것처럼 아이들은 못하지 않는다. 오히려 더 잘할 수
있다. 한번 아이를 믿어보는 건 어떨까.

독서논술 아이들 중에 중학교 1학년 지호(가명)라는 남자아이가
있다. 수업을 하다 보면 가정사가 나오게 마련이다. "전 거실에
서 공부해요. 거실이 제 방이나 다름없거든요. 거실에 CCTV가
설치되어 있어요. 제가 공부하다 딴짓한다고 설치하셨어요. 엄

마가요." 이 말을 듣고 얼마나 가슴이 아팠는지. 일거수일투족을 감시받는다고 생각하면 얼마나 불안할까.

실제로 2022년 4월 베트남 한 특목고 고등학생이 CCTV가 설치된 집에서 아버지의 감독하에 공부하다가 견디지 못해 유서 쓰고 투신 자살한 사건이 있었다. 거실에 설치된 CCTV에 이 장면들이 고스란히 남겨졌다. 학생이 남긴 유서에는 '어머니는 많은 관심을 주었지만 지나쳤고 아버지는 무관심과 다혈질의 소유자였다.'라고 적혀 있었다고 한다. 이러한 사연들을 보면 가슴이 아프지 않을 수가 없다. 이제 막 꽃 피우려 하는 어린 학생들이 어른이 쳐놓은 기준과 압박 속에서 얼마나 고통당하고 있는지. 초등학생까지는 습관을 잡아주기 위해 약간의 통제가 허락된다 해도 중학생부터는 자율성을 갖게 해서 스스로 문제를 해결해 나갈 수 있도록 도와주는 것이 중요하다. 그러려면 먼저 아이들을 믿어주어야 한다.

지호(가명)는 숙제도 잘해오고 책도 잘 읽어오곤 했다. 수업 시작하면 먼저 자기가 해 온 지문분석과 요약 숙제부터 건네주곤 했다. 풀어 온 독해 문제집을 채점해 보니 틀린 문제가 많았다. 채점하는데 힐끗힐끗 쳐다보는 것이었다. "선생님, 틀린 게 많나요?" 난 이렇게 말해 줬다. "숙제 해온 것만 해도 잘한 거야.

틀린 게 중요한 게 아니야. 해왔다는 게 중요한 거야. 다음에는 좀 더 꼼꼼히 풀어보자." 지문 요약한 노트에 good이라고 써 줬다. 한번은 지호 어머니와 통화한 일이 있었다. "어머니, 지호가 책을 잘 읽어옵니다." 라고 말씀드렸다. 어머니는 "제대로 읽었나 늘 의심했는데 다행이네요." 라고 말씀하셨다. 난 다시 어머니께 "어머니, 늘 격려해 주세요. 이제 곧 사춘기도 올 텐데 더욱 믿어주셔야죠."라고 말씀드렸다. 어머니는 "그래서 저도 걱정이에요. 그때 되면 더 엄하게 해야 되니까요." 라고 하셨다. "아니에요. 엄하게 하면 반항심만 생기죠. 살살 달래가면서 공부시키세요." 이렇게 말씀드렸다. 그다음 주에 지호와 수업하면서 어머니와 통화한 사실을 말해 줬다. 지호는 "저희 엄마가요. 체벌 허용한데요. 그렇게 전하래요. 선생님께요." 라고 말하는 것이었다. "너를 때릴 때가 어디 있다고 때리니?" 너무 당황스러웠다. '이제 중학교 1학년 밖에 안 된 아이가 앞으로 어떻게 될 줄 알고 그렇게 말씀하시나? 어떻게 말을 안 들으면 매를 들라고 하시는 거지?' 믿지 못하고. 감시하고. 채찍질하고. 본이 되어야 할 부모님이 아이들을 내모는 것 같았다. '너는 어려서 몰라' 라고 생각하는 사고방식이 아이들을 멍들게 한다는 생각이 들었다. 이제 꽃 피우는 아이들에게 해서는

PART 02_부모의 믿음이 아이의 자존감 형성의 밑거름이다

안 되는 말과 행동을 아무렇지도 않게 하는 게 안타까웠다.

난 아이를 의심하는 것보다 조금 어긋나게 가더라도 먼저 믿어주는 것이 중요하다고 생각한다. 부모의 의심으로 아이를 교정하는 것보다 믿어줌으로 스스로 교정되는 것이 훨씬 얻는 게 많기 때문이다.

② 믿어준다고 느낄 때 스스로 공부하기 시작한다.

"찬주야, 엄마는 너 믿는다", "엄마, 저를 믿으세요."

작은아이가 방학이 끝나고 미국에 돌아갈 때 나눈 대화다. 늘 불안 불안한 작은아이를 보낼 때마다 마음이 안 좋았다. 작은아이가 간 곳은 미국 오하이오주의 사립 보딩스쿨이었기 때문에 안심은 되었다. 하지만 부모로서 먼 나라에 보낸다는 사실이 쉽지만은 않았다. 작은아이를 믿는 길 밖에 없었다. 작은아이도 부모님이 자기를 믿어준다고 생각했던지 미국에서 적응도 빨리 했고 학교성적도 점점 좋아졌다. '뼛속까지 자녀를 믿어주자. 내가 내 자식을 믿지 누굴 믿나.' 작은아이가 걱정될 때마다 이렇게 되뇌었다.

'아이의 자존감, 믿음이 키운다' 책을 쓰신 홍미혜 작가님은 이렇게 말씀하셨다. "아이 홀로 유학 보내놓고 불안해서 한국에

서보다 더 많이 간섭하는 경우가 많다." 아이들은 부모가 간섭한다고 느끼게 되면 부모를 의도적으로 피하게 된다고 한다. 간섭이 아닌 관심으로, 사랑으로 자녀를 믿어준다면 자녀들은 고마움을 느끼게 된다. 그리고 자기가 해야 할 일. 바로 공부를 하기 시작하게 되는 것이다. 아이들도 부모 마음을 너무도 잘 알고 있다. '나를 의심하는지. 사랑하고 있는지를.' '멀리 떨어져 있지만 믿을 건 부모님 밖에 없구나.' 라고 생각할 수 있도록 우리 부모가 더 잘해야 하지 않을까 생각해본다.

05

아이를 기다려 주는 미덕이
진짜 교육이다

① 아이를 기다려주는 미덕

'현명한 부모는 아이를 느리게 키운다'를 쓰신 신의진 소아정
신과 교수님은 아이마다 발달정도가 다르기 때문에 아이들을
획일적으로 키우지 말라고 말씀하셨다. 아이마다 발달과정이
다르고 환경도 틀리기 때문에 아이를 양육하는 데에 있어서 엄
마의 잣대로 아이를 판단해서는 안된다는 것이다.

큰 아이 어린 시절, 퍼즐이나 로봇 조립을 아주 좋아했다. 공간
개념이 좋아서인지 완성품보다는 조립하는 걸 더 좋아했다. 그
래서 레고나 다양한 퍼즐류를 많이 사줬다. 이때는 스마트폰이
많지 않았다. 얼마나 다행인지. 사고력 놀잇감들을 주로 사줬
고 함께 만들기도 했다.

책도 많이 읽어 줬고 체험학습도 많이 다녔다. 유치원 다닐 땐 똑 부러지게 잘한다는 소리도 많이 들었다. 하지만 초등학교 들어가서는 그렇게까지 두각을 드러내지 못했다. 수학은 잘했지만 다른 과목은 보통 수준이었다.

초등 2학년 땐 큰 아이가 이렇게 말한 적이 있었다. "엄마, 우리 반에 공부 잘하는 친구가 있어. 매일 100점 맞아. 받아쓰기, 단원평가, 중간, 기말고사 맨날 100점만 맞아." 부러운 눈치였다. 나도 그 아이가 어떻게 그렇게 잘하는지 궁금했다. 엄마들은 큰 아이 친구 엄마들끼리 잘 어울리게 된다. 대여섯 명이 함께 모이게 되면 "○○는 이번에 올백 이래. 전 과목에서 하나 틀렸데." 이런 소리가 들려왔다. 부러웠다. '우리 건주도 올백이라는 것을 받아오면 얼마나 좋을까.' 하지만 큰 아이는 초등학교 때 썩 잘하지는 못했다. 잘한다는 수학조차 실수로 틀리고 다른 과목들도 70점 아래로 떨어질 때도 있었다. 초등 4학년 땐 나랑 같이 시험 준비를 완벽하게 했는데도 점수가 잘 안 나오는 경우도 있었다. 생각 다 못해 아파트 공부방에 보내기도 했다. 공부방 선생님과 상담했는데 이런 말씀을 해주셨다. "건주는 대기만성형이에요." 난 지금 잘했으면 좋겠는데 대기만성형이라니. '언제까지 기다리라는 건가.' 큰 아이도 나름 욕심이 있었던지 자기도 점수가 좋기를 바라고 있었다. 열심히 공부했으면 좋은 결과가 나와야 할 텐데. 아이가 실망하면 어쩌나 걱정되기도 했다. 큰 아이에게 나중을 위하여 책 읽기와 수학, 영어는 꾸준히 공부하자고 했다.

큰 아이 친구엄마와 이야기 나눌 때가 있었다. "언니, 중상위권 아이들이 중학교 1학년 1학기 중간고사 때 팍 떨어지는 거 아세요? 상위권 아이들은 그대로 상위권을 유지하는데 중상위권 아이들은 많이 떨어져요." 마음이 좋지 않았다. 하지만 걱정하지 않고 '아이들 공부습관만 유지하고 있자.' 생각했다.

큰 아이 중학교 시기, 큰 아이 친구 엄마가 이런 말을 했다. "언니, 건주는 인 서울은 어려울 것 같아. 하지만 찬주는 열심히 하니까 갈 수 있을 거 같고." 큰 아이는 중학교 1학년 때부터 사춘기가 시작돼 공부에 흥미가 없을 때였고, 작은아이는 초등고학년 때부터 공부에 재미가 붙어 열심히 할 때였다. 이 엄마는 우리 아이들의 이런 모습을 보고 말한 듯 하다. 난 주변에서 우리 아이들에 대해서 생각하고 말해도 우리 아이들의 잠재력을 믿었다. 아직 때가 안 되었다고 생각했기 때문에 크게 실망하진 않았다. '지금 하고 있는 공부를 꾸준히 계속해 나가자' 라고 생각했고 우리 아이들에게 맞는 학원도 열심히 알아보러 다녔다.

아이들의 미래는 짐작할 수가 없다. 아이들이 어떤 잠재력이 있는지 아무도 알 수는 없다고 생각했다. 다만 그때가 오기를 침착하게 기다려주고 흔들리지 않는 게 중요하다고 생각했다. 이렇게 긍정적으로 생각하고 생활하다 보니 아이들이 명문대 입학이라는 결과를 가져온 게 아닌가 싶다.

② 기다려주는 지혜의 의미

아이를 키우는 부모라면 내 아이가 남보다 더 빨리 걷거나 말하기를 바랄 것이다. 나도 첫 아이를 키울 때 예외는 아니었다. 은연중에 또래 아이들과 비교하게 되고 우리 아이가 늦되지는 않을까 걱정도 했다.

큰 아이를 낳기 전 한번 유산한 일이 있었다. 뱃속의 아기가 8주 되었을 때 유산이 되었다. 정기점검 하면서 알게 됐다. 그땐 아기를 잃은 것으로 상심이 컸다. 부득이 잘 다니고 있던 직장을 그만두고 아기 낳는데만 전념했다. 3개월 정도 몸조리를 하고 두 번째 임신을 하였을 땐 기쁨과 동시에 불안이 엄습해 왔다. 유산을 한번 하게 되면 연이어 유산가능성이 높다는 이야기를 들은 적이 있기 때문이다. 10달 내내 불안한 마음과 우울한 마음을 안고 지냈다. 다행히 건강한 아기를 출산하게 됐다.

어렵게 얻은 큰 아이를 키울 땐 온 정성을 다했다. 태교 할 때, 갓난아기일 때, 늘 책을 많이 읽어줬고 많은 이야기를 들려주었다.

많은 엄마들은 아기를 낳은 후부터 아이 교육에 큰 관심을 보인다. 나도 마찬가지였다. 어느 영어책이 좋은지, DVD는 무엇을 보여줄지, 어떤 놀잇감이 아이들 지능에 좋은지, 아이교육에 신경을 많이 쓰게 된다. 집집마다 유명메이커 전집이 즐비하고 고가의 장난감도 많이 갖춰 놓는다. 아이들 교육에 관심을 보이는 건 좋지만 아이가 커가면서 엄마의 기준도 높아지는 것이 우려스러울 뿐이다. 엄마의 기준은 남과 비교하면서 시작되는 것 같다. 어느 아이는 말을 언제 했다더라. 한글을 몇 살 때 떼었다더라. 이런 식으로 말이다. 나도 큰 아이 땐 누구는 말이 빠르고 누구는 말이 느리고 하는데 신경을 많이 썼다. 이런 것이 왜 크게 와닿았는지 모르겠다. 나도 다른 엄마들처럼 아이 나이대별로 필요한 동화책을 사줬고 아이들에게 필요한 교구도 신경 써서 구입해 주곤 했다. 정말 중요한 일이고 필요한 일이다. 다만 느긋한 마음으로 아이들에게 해 주었다면 더 좋았지 않았을까 생각해 본다. 다른 아이와 비교하는 마음, 조급한 마음, 부모의 욕심을 내려놓고 말이다.

부모라면 자녀에게 좋은 것을 주고 싶어 하는 것은 당연하다. 하지만 지금은 아이들이 과부하가 걸려있는 것 같다. 부모는 아이를 잘 관찰하면서 사랑과 믿음으로 아이에게 필요한 것을 넣어주는 지혜가 필요한 것 같다. 아이들마다 성장속도와 성향, 타고난 성격, 환경이 다르기 때문에 이것을 먼저 인지하고 기다려주는 것이 가장 중요하다고 생각한다. 때를 기다리는 엄마, 기다려주는 엄마, 사랑과 믿음이 충만한 엄마가 우리 아이들에게 진정으로 필요하다. 우리 부모들은 아이를 기다려주는 지혜를 더 갖춰나가기를 바란다.

06

. . . .

자녀의 정체성을 어떻게
찾게 도와줄 수 있을까?

① 정체성 혼란기인 사춘기

큰 아이 초등학교 6학년 시기, 공부의 양이 늘다 보니 나와 갈
등이 심했다. 그 당시 난 학습지 교사였기 때문에 다른 아이들
이 하는 것만큼 시키고 싶었다. 국어, 수학, 연산, 한자, 독해
학습지를 시켰다. 학교진도에 따라 과목별 문제집과 윤선생영
어, 수학심화도 풀게 했다. 큰 아이는 공부량이 많아 버겁다고
했다. "건주야, 이 정도는 해야 돼. 서울 애들은 더 많이 해." 급
기야 큰 아이는 이렇게 말했다. "엄마, 난 그걸 다할 능력이 안
돼요." 나는 고민 끝에 공부량을 줄여주기로 했다.

큰 아이에게 과목별 문제집을 풀게 한 후 채점하려고 문제집
을 뒤적였다. 계속 답이 맞는 것이었다. 좀 이상하다고 생각했

지만 계속 채점했다. 결국 서술형 문제에서 진실이 드러나고 말았다. 풀어놓은 답이 정답지랑 토씨 하나 빠지지 않고 똑같은 것이었다. 큰 아이에게 말했다. "건주야, 정답 보고 풀었구나." 큰 아이는 아무 말이 없었다. 난 너무 화가 나서 문제집을 박박 찢었다. 마음을 가다듬고 '한번만 용서해 줘야겠다.'라고 생각하고 찢은 문제집을 테이프로 일일이 붙였다. "건주야, 이번 한번만 용서해 준다. 다시 풀어라." 큰 아이는 다시 풀었고, 그다음 날 채점하려고 보니 '아뿔싸, 어제랑 똑같이 정답지를 보고 푼 게 아니겠는가.' 난 어안이 벙벙했다. "다 집어치워라."

'아이가 공부에 마음이 없으면 이렇게도 하는구나.'라는 생각이 들었다. '큰 아이가 지금 공부할 마음이 없나 보다.' 더 이상 혼낼 힘도 없었다. 아이 공부는 부모의 욕심이나 부모의 의지로 되지 않는다. 지금은 공부시킬 때가 아니고 마음을 얻을 때라는 생각이 들었다.

큰 아이가 중학생이 되면서 나와 큰 아이는 공부의 방향을 잡지 못했다. 초등학생 때처럼 일일이 봐줄 수도 없었고 체크하는 것도 쉽지 않았다. 그때부터 스스로 공부하도록 맡겼다. 하지만 옆에서 지켜봤을 때 잘 안되고 있었다. 시험 준비는커녕 수업시간 마저 집중을 못하는 지경에 이르렀다. 난 큰 아이의 잠재력을 믿었기 때문에 기대를 놓지는 않았다. 큰 아이에게 중간고사 시험 전날에는 수학교과서라도 풀고 가자고 했고 도와주기도 했다. 큰 아이에게 늘 기대를 갖고 있던 나에게 또 한 번의 시련이 찾아왔다. 과학문제집을 풀라고 했는데 채점하려고 보니 초등 6학년 때처럼 정답지를 보고 풀어놓은 것이었다. 본인도 실수해서 다른 페이지에 정답을 적어 놓았던 것이다. 난 이 일을 지적하지 않았고 내 마음속으로 '어쩔 수 없구나.'라고 생각했다. 이것을 가지고 혼낸다고 달라질 것도 없고 도리어 반항심만 생길 것 같아 그냥 지나쳤다. '건주는 똑똑한 것 같은데 공부에는 뜻이 없는 걸까? 어떻게 도와줘야 하지?' 고민하기 시작했다. '큰 아이에게 꿈을 찾아주어야겠다' 라는 생각이 들었다. 내가 누구이며 내 인생을 어떻게 펼쳐 나가야 할지. 앞으로 어떻게 살아가야 할지를 알게 해 주고 싶었다. 그래서 선택한 것이 리더십센터에 보내는 것이었다. 리더십센터는 큰 아이의 자아정체성 형성에 큰 도움이 됐다.

큰 아이 초등학교 4학년 때 일기를 소개하겠다.

나의 꿈

나의 꿈은 무엇일까? 생각해 봤다. 나도 원래 승민이처럼 꿈이란 없었다. 되는 대로 살 것이기 때문이다. 그래서 생각해 본 것이 가수다. 이유는 동생 핸드폰으로 리듬스타라는 게임을 했는데 거기서 나오는 노래들이 멋있었다. 한번 가수가 되어서 멋진 노래를 작곡해서 밴드를 만들고 싶었다. 노래도 불러보고 싶었다. 그래서 나의 꿈을 가수로 정했다.

내가 인터넷에서 가수가 되는 방법이라고 검색해 봤다.

1. 노래연습을 한다.(가수들의 노래를 일단 따라 한다) 2. 오디션 등을 본다. 3. 조금 따라 한다.

4. 중학교가 되면 밴드부에 들어간다. 5. 열정을 키운다.

이건 어린애들이 거의 할 수 있는 것이다. 4번은 중학교가 되어야 하긴 하지만 지금부터라도 밴드부를 만들 수 있다. 나도 김연아 선수처럼 꿈을 이루고 싶지만 사회와 문화가 변화하기 때문에 바뀔지도 모른다. 그리고 부모님의 허락이 승낙이 될지 몰라서 걱정된다.

큰 아이가 중학교 2학년 때 리더십센터에서 쓴 'Who am I?' 자서전에 담긴 내용이다.

Part 1 : 내가 잘하는 것은 운동과 타이핑이고, 취미는 게임, 흥미 있는 과목은 체육이다.

Part 2 : 내 꿈은 바로 체육과 교수다. 난 이제까지 부모님의 압박으로 수학, 영어에만 몰두했다. 그래서 내 꿈은 한정된 것이나 마찬가지다. 그러나 난 "자기 마음에 드는 일을 하라" 라는 이 말에 큰 뜻을 얻고 내가 즐길 수 있는 일을 찾았다. 나의 영어 실력도 충분히 활용할 수 있는 직업. 체육과 교수가 되고 싶다.

Part 3 : 내 생애 최고의 순간 – 난 초등학생 때 지역공동 영재 학급에 참가했다. 2년 동안 수업을 받았고 산출물 대회에 나갔다. 기발한 아이디어로 발명을 해내는 것이다. 난 요구르트에 발효식품을 첨가해 시중판매를 시도했다. 기대도 안 했는데 만점을 받고 1등을 차지했다. 너무나 기분이 좋았다.

Title Part : Who am I?

솔직히 자서전을 쓰려니 처음엔 막막했다. 앞 내용들만 봐도 내 인생이 꼭 좋다고는 말할 순 없을 것이다. 난 초등학교 땐 정말 공부에 매달렸다. 그런데 중학교 1학년 초기부터 중 2병이 빨리 오면서 공부의 의욕과 욕심이 한번에 상실되고 최악의 점수가 나오게 되었다. 1년은 pc방과 친구들과의 시간으로 보냈다. 부모님께서 좀 더 좋은 환경으로 이사 가자 하시면서 공부만 하는 아이들이라는 인식을 가진 초당중학교로 오게 되었다. 이쯤에서 "나는 누구인가"에 대한 답이 나온다. 새 환경에서 마음을 다잡고 한 1년간에 거의 첫 공부를 하고 난 평균이 30점은 오른 것 같다. 그리고 진로탐색으로 꿈을 찾게 되었다. 성적향상과 진로를 선택한 이 시기, 난 진심으로 기분이 좋다. 난 꿈을 이루기 위하여 열심히 공부를 하고 싶어진 아이라고 말하고 싶다.

사춘기 시기, 자신의 정체성에 혼란을 겪을 때 자기도 모르는 상황을 만나게 된다. 이럴 때 부모의 적극적인 관심과 격려 그리고 지지가 필요하다. 사춘기 자녀를 잘 관찰하고 마음을 만져주는 것이 절실히 필요하다. 사춘기는 자녀들이 아파하는 시기다. "엄마, 아빠 저 아파요."라고 몸부림칠 때 부모는 이 시기를 놓치지 않고 대화로 해결해 가야 한다. 대화가 어렵다면 다른 방법을 취해서라도 자녀가 바로 설 수 있도록 도와줘야 한다.

② 자아정체성을 어떻게 찾게 도와줄까.

'현명한 부모는 아이를 느리게 키운다.' 에서 신의진 교수님은 부모는 아이가 자아정체성을 스스로 찾을 수 있도록 도와줘야 한다고 말씀하셨다. 많이 넘어져 본 아이, 많이 실패해 본 아이가 더 쉽게 자신을 찾아갈 수 있다고 하셨다. 하지만 부모는 아이가 다칠 세라. 상처받을 세라. 큰일 나는 줄 알고 아이를 곱게만 키우려고 하는 것 같다. 자녀를 안전하게 키우려 하고 도전시키기도 주저하는 경우도 있다.

아이들을 가르치다 보니 부모의 양육스타일에 따라 아이의 성격도 달라짐을 알 수 있었다. 조부모님이 키우는 경우, 아이들 스케줄 관리가 더 철저했다. 계획에 없는 활동을 하거나 노는 것도 쉽게 허락이 안 되는 경우도 있었다. 이런 양육태도는 아이가 겁이 많아질 수 있고 새로운 환경에 적응도 쉽지 않을 수 있다.

20대 후반인 아들과 함께 사는 한 가정이 있다. 아들은 대학 졸업 후 취업하지 않고 집에서만 생활하고 있다. 맞벌이라 아들이 어렸을 땐 친정부모님 집에 맡겨졌다. 주말에만 아들을 보러 갔던 것이다. 아들 어린 시절, 친정부모님은 손주를 애지중지 키웠다고 한다. 손 하나 안 다치게 키우셨다고 한다. 아들이 초등학교 들어가면서 세 식구는 함께 살게 되었다. 아들 어머니는 너무 좋은 분이셨고 온유한 성품을 지니고 있다. 하지만 가정 내에 규율은 있었던 모양이었다. 아들이 커가면서 일탈하지 않도록 키우셨다. 아들이 머리염색하고 나타났을 땐 받아들이기 어려우셨다고 했다. 일탈의 행동이 보이면 눈물부터 흘리셨다고 한다. 슬퍼하는 엄마의 모습을 보면서 아들은 많이 힘들었다고 했다. 자기가 하고 싶은 것을 하지도 못하고 사춘기를 보냈던 것이다. 아들이 대학생 땐 지인 부부가 아들에게 이렇게 말했다고 한다. "대학생이 공부 말고 할 것이 뭐 있나?" 지인의 아들은 "할 건 많지요."라고 말했다고 한다. 지인 부부는 아들에게 대학교에서 동아리도 들어가지 말라고 했다. 술, 담배는 말할 것도 없다. 서서히 아들에게 문제가 생겼다고 했다. 아들이 군대 갔다 온 후 자기의 할 일을 찾지 못하고 방황하고 있다고 한다. 자아정체성을 찾는 시기를 놓쳐 지금은 자기가 무엇을 하면 좋을지도 모른 채 세월만 보내고 있다는 것이다. 얼마나 안타까운 현실인지. 아예 사춘기 시절 엄청나게 일탈을 경험하고, 해 볼 거 다 해보고 부모 통제함 없이 살았더라면 지금쯤 자기가 원하는 일을 하고 있지 않았을까. '지랄 총량의 법칙'이라는 말이 있다. 이 말은 한동대 법대 김두식 교수님이 쓰신 책인 '불편해도 괜찮아'에 나오는 말이다. 지인의 아들은 지금이 사춘기인 것이다. 이를 지켜보는 부모님, 친정 부모님의 마음이 어떠하겠는가. 지금은 지인부부는 기다려주고 있다고 한다. 속히 지인의 아들이 '나는 누구인지? 내가 무엇을 좋아하는지? 나의 꿈은 무엇인지? 찾길 바라는 마음이다. '아이들을 부모의 관점과 기준대로가 아닌 아이의 관점과 시야로 바라보는 게 얼마나 중요한지.' 자녀가 자아정체성을 스스로 찾을 수 있도록 기다려 주고, 믿고 지지해 주는 것이 부모의 역할이라고 생각한다.

07

. . . .

부모가 먼저 받아들이기
훈련을 하라

① 자녀를 있는 그대로 받아들이기

'아이의 자존감을 키우는 따뜻한 방관'을 쓰신 조지 글래스와 데이비드 타바츠키는 여러 연구결과, 과잉양육은 아이의 문제 해결 능력에 부정적인 영향을 줄 수 있다고 말하고 있다. 누구나 인생에 있어서 실패와 좌절을 경험한다. 하지만 이것을 딛고 다시 일어날 수 있는 능력인 회복탄력성은 긍정적인 마인드로 장착되었을 때 가능하다. 이 긍정의 힘은 부모의 따뜻한 사랑과 격려, 받아들임으로 가능하다.

큰 아이 초등학교 6학년 시기, 아침에 온라인 영어 듣기를 시킨 일이 있었다. 아침에 깼을 때 큰 아이 영어소리가 들리면 '건주가 오늘도 잘 듣고 있구나.' 생각했다. 어느 날 방에서 나와 거실 쪽 화장실로 가다가 큰 아이에게 할 말이 있어서 뒤돌아봤다. 아! 내가 보고 있는 것이 실화인가. 큰 아이는 컴퓨터로 영어를 듣고 있었지만 화면은 게임화면이었던 것이다. 이제까지 '큰 아이가 영어를 열심히 듣고 있구나.' 착각했던 것이다. 그 순간 아무 생각도 나지 않았다. 큰 아이에게 "건주야. 공부하기 싫으면 때려치워라." 라고 말했다. '이제 아이 공부는 내 마음대로 안되는구나. 그냥 놔둘 수밖에 없겠구나.' 모든 상황을 받아들이고 큰 아이가 스스로 공부를 시작할 때까지 기다리기로 했다.

큰 아이가 중학생이 되었을 때 가끔씩 이렇게 기도했다. '건주가 중학교에서 마음잡고 공부에 전념할 수 있도록 해주세요.' 중학교 1학년 1학기 중간고사가 다가오고 있었다. 초등학교를 졸업하고 중학교 첫 시험에서 엄마들은 충격받게 된다. 큰 아이 중간고사를 위해서 국어, 수학 등 주요 과목 중심으로 시험 준비를 도와줬다. 중간고사가 끝난 후 큰 아이가 성적표를 건네줬다. 성적이 많이 좋지 않았다. 성적이 이상해서 큰 아이 친구 엄마에게 물어봤다. 친구 엄마는 나이스에 들어가면 성적을 조회해 볼 수 있다고 했다. 나이스에 들어가 큰 아이 성적을 봤다. '이게 무슨 일인지? 성적표가 이상한 건지? 나이스가 잘못

된 건지?' 도저히 알 수가 없었다. 나이스상의 성적이 큰 아이가 내게 준 성적보다 더 낮게 나왔기 때문이었다. 큰 아이가 준 성적표를 다시 보니 담임선생님 도장 찍힌 모양이 이상했다. 그냥 살짝 찍힌 자국만 보였다. 한참 생각해 보니, '아! 큰 아이가 성적을 고쳤구나.' 원래 학교에서 준 성적표는 없애고, 다시 자기가 A4용지로 만든 것이었다. 도장은 자기 도장을 살짝 찍어서 깜쪽같이 속인 것이다. 그 순간 난 얼마나 가슴이 아팠던지. 얼마나 엄마를 실망시키고 싶지 않았으면 성적까지 고쳤을까. '그 마음이 어땠을까?' 이런 생각만 들었다. '함께 시험준비를 했는데 점수가 왜 이 모양이야. 이렇게 성적을 조작하면 어떡해?' 이런 생각은 전혀 들지 않았다. '얼마나 힘들었으면 이렇게까지 했을까? 본인은 또 얼마나 괴로웠을까.' 라는 생각만 났다. 그렇지 않아도 큰 아이 성적 나온 날 학습지 수업이 늦게 끝나 밤 9시가 다 되어서 집에 돌아왔다. 큰 아이와 작은 아이가 싸우고 있었고 큰 아이가 유난히 예민해져 있었다. 큰 아이 성적 조작사건을 통해 이런 생각이 들었다. '아이들에게 성적 가지고 뭐라고 하면 안 되겠구나.' 초등학교까지는 공부 습관을 잡기 위해 공부시키는데 주력했다면 사춘기 되면서부터는 아이들에게 맡기는 것이 맞겠구나.'

큰 아이는 초등학교 때부터 컴퓨터 게임하는 것을 아주 좋아했다. 원래는 주말에만 하는 걸로 정했지만 그것도 잘 안되어 평소에도 하게끔 해줬다. 대신 자기가 할 일은 해놓고 게임하기로 했다. 큰 아이가 중학교 2학년 때 일이다. 한번은 작은아이가 "엄마, 형 시험기간 중에도 pc방 다녀. 형 친구들이 얘기해 줬어." 하는 것이었다. "응, 그러니." 이렇게만 대답했다. 내가 할 수 있는 일은 아무것도 없었기 때문이었다. 어떤 때는 내가 집 근처 버스 정류장에서 내렸을 때 큰 아이를 만난 적이 있었다. 큰 아이는 열심히 pc방을 향해 가려던 참이었다. 나를 보자마자 "엄마, 집에 가자." 난 큰 아이에게 "어디 가려는 거였어?" "아니 집에 가는 길이야." "응 알았어" 이렇게만 말했다. 아들 키우면서 크고 작은 일이 한두 번이 아니었다. 하지만 난 이것을 힘들다고 여기지 않았다. '다만 그러려니.' 하고 받아들였다. '때가 되면 돌아오겠지.' 라고 생각하면서 말이다.

② 아들을 받아들이는 아빠의 사랑

아들 둘을 키우면서 '아들 키우는 것이 쉽지만은 않구나.' 라는 것을 많이 느꼈다. 지금은 추억으로 남았지만 말이다. 예전에 아들 둘을 키우는 지인의 말씀이 생각난다. "아들은 그냥 내버려 둬야 돼." 아이들이 사춘기가 되면 부모 뜻대로 되지 않기 때문에 내려놓는 훈련부터 해야 한다. 내가 아들 둘을 키우면서 이렇게 한 것이 너무 다행이라고 생각한다. 내려놓는 훈련이 되지 않는다면 아이들은 간섭한다고 생각하고 반항으로 이어지게 되는 것이다. 또한 사춘기 시기 자아정체성 형성에도 문제가 생긴다.

큰 아이 중학교 2학년 시기, 영어, 수학은 다 학원을 잘 다니고 있었기 때문에 크게 문제가 되지 않았다. 그런데 국어성적이 잘 나오지 않아 걱정되었다. 큰 아이에게 독서논술학원을 권해 봤지만 싫다고 해서 국어학원을 다니게 되었다. 주 2회 하는 국어 학원이었는데 큰 아이는 주 2회 하는 것도 부담스러워 했다. 어느 날 큰 아이는 국어를 주 1회로 바꾸고 싶다고 했다. 난 그렇게 하자고 했다. 어느 날 큰 아이는 독서실에 가야겠다고 만원을 달라는 것이었다. 만원을 주고 난 후 왠지 느낌이 좋지 않아 독서실에 한번 가봐야겠다는 생각이 들었다. 여러 군데 독서실을 가보니 큰 아이 이름으로 등록한 게 없었던 것이다. pc방도 찾아가 보았지만 없었다. 곧바로 난 청주에서 일하고 있는 남편에게 전화해서 큰 아이와 통화해 보라고 했다. 그때 우리 가정은 큰 아이가 초등학교 6학년 때부터 주말부부로 생활하고 있었다. 남편은 큰 아이와 겨우 통화가 되었고, 나한테도 전화해서 "엄마, 죄송해요. 밖에 그냥 돌아다녔어요." 하는 것이었다. 그때 시간은 밤 11시가 넘어 있었다. 남편은 청주에서 용인으로 와서 큰 아이를 데리고 청주로 다시 내려갔다. 마침 그날은 금요일이라서 가능했다. 큰 아이와 남편은 청주에서 많은 이야기를 나눴고 맛있는 것도 먹었다고 했다. 이렇게 아들들이 힘들 때 아빠가 얼마나 큰 힘이 되는지. 뼈저리게 느낀 순간이었다. 남편에게 감사하다고 말하고 싶다. 나는 안심하고 다음날 큰 아이와 남편을 반가이 맞아주었다. "우리 예쁜 큰 아들, 힘들었구나."하면서 말이다.

08

. . . .

부모의 믿음으로 탄생한 아들의
한마디 "멋지게 보답할게요."

① 사고뭉치라도 사랑스러운 아들

작은 아이는 초등 고학년 때부터 유독 영어를 좋아했다. 문법
공부할 땐 색깔 펜으로 표시해 가면서 공부했다. 일기장에 이
런 말이 있었다. '영어해석 할 때가 행복하다.' 우리는 용인외
고를 목표로 공부하기로 했다. 중학교 1학년 들어가서는 영어
신문 동아리도 만들었다. 중학교 1학년 시기는 황금기였다. 중
학교 2학년 2학기 영어시험 마킹실수로 68점 맞으면서부터 문
제가 생겼다. 용인외고의 꿈은 사라짐과 동시에 사춘기를 맞이
하게 된 것이다. 학원도 가끔씩 빠지고 공부하지 않는 친구들
과 어울리기 시작했다. 전에는 집을 먼저 들른 후 학원에 갔는
데 언제부턴가 바로 학원으로 향했다. 내 몸도 좋지 않아서 신

경도 못 썼다. 그러면서 작은 아이는 학생신분에 어긋나는 행동을 배우게 된 것이다. 공부도 잘했고 기대도 많이 한 아들이 중학교 2학년 때부터 빗나가기 시작했다. 어느 날 담임선생님으로부터 전화를 받았다. 작은 아이가 학교에서 담배를 피웠다는 것이다. 2번 걸리면 선도위원회를 한다고 말씀하셨다. 전화를 끊은 후 하염없이 눈물만 나왔다. 저녁 늦은 시각에 집에 돌아왔다. 작은아이를 붙잡고 이야기했다. "엄마가 몸도 안 좋은데 찬주가 이러면 어떡하니?" "죄송해요. 다시는 안 그럴게요." 작은 아이는 자기의 행동을 후회하면서 용서를 구했다. 오랜 시간 이야기를 나누었지만 학교에서 왜 이런 행동을 했는지 이유는 알 수 없었다. 얼마 못가 학교에서 또 전화가 왔다. 예상대로다. 같은 일로 선도위원회를 열어야만 했다. '왜 자꾸 학교 내에서 그럴까?' 알 수 없었다. '이런 일이 반복되면 선생님들에게 오해받게 되고 학교생활도 어려움이 생길 텐데.' 걱정됐다.

또 다른 사건이 터졌다. 학교에서 수학 수업 끝나기 5분 전에 책을 덮었다는 이유와 문제를 풀지 않았다는 이유로 벌점을 받은 일이 있었다. 수학 선생님은 작은 아이에게 "너, 문제 다 안 풀었네. 너 벌점이야." 작은 아이는 화가 나서 뒷문을 박차고 나갔다고 한다. 수학 선생님은 '공부 잘하는 찬주가 왜 화가 났을까?' 그날 밤 잠을 못 주무셨다고 했다. 그날 작은 아이와 이야기를 나눴다. "선생님이 나한테 그렇게 말한 게 너무 기분 나빴어. 다른 애들도 다 안 풀고 있었어. 왜 나한테만 그러냐고. 반장이 그랬다면 그렇게 했을까?" 다음날 작은 아이와 함께 학교에 찾아가 담임선생님과 수학 선생님께 용서를 구했다. 그렇게 행동할 수밖에 없었던 이유도 말씀드렸다. 분명 학생이 잘못했다면 용서를 구해야 한다. 하지만 선생님과 학생 사이에 오해한 부분이 있다면 풀어야 한다고 생각했다. 난 무조건 선생님들 의견만 믿지 않았다. 작은 아이의 의견도 들어줬다. 억울한 부분이 있을 수 있기 때문이다. 나에게는 작은 아이가 더 중요했다.

그 이후에도 친구들과 무리 짓다 보니 사건 사고가 발생했고 학교에 불려 가는 일이 생기곤 했다. 많이 힘들었지만 견뎌내야만 했다. 작은 아이도 나에게 미안해하고 자신이 자꾸 안 좋은 일에 연루되어 힘들어했다.

어느 날 독서논술 수업하고 있을 때 작은 아이한테 전화가 왔다. 파출소라는 것이었다. 학교 주변에 주차되어 있던 오토바이를 10~20분 친구들과 몰았다는 이유였다. 무면허에 도난까지 적용됐다. 오토바이 주인은 합의를 안 해주겠다고 하면서 크게 혼나봐야 한다고 했다. 우리는 여러 차례 주인에게 사과를 했고 드디어 합의를 받아냈다. 사건처리를 위해서 법원까지 다녀와야 했다.

분명 이런 일은 공개하기도 꺼려지고 부끄러운 일이다. 작은 아이가 잘못한 일이다. 작은 아이도 스스로 반성했다. 그런데 어쩌겠나. 순탄하게 청소년기를 보내는 아이도 있겠지만 우리 집은 그렇지 않은 것을. 중요한 건 이런 상황에서 부모가 어떻게 대처하느냐에 달린 것 같다. 아이를 윽박지를 것이냐. '그래도 아이를 사랑한다.' 하면서 기다려줄 것이냐. 다 지나가는 과정이라고 생각했다. 잘 넘겨서 다행이라고 생각했다. 사춘기 아이들의 모든 행동. '참 쉽지 않다.' 하지만 나는 여전히 작은 아이를 사랑했고 믿어줬다.

작은아이 중학교 2학년 때와 3학년 때 편지를 소개하겠다.

사랑하는 엄마께

엄마, 오늘은 엄마의 50번째 되는 생일이네요. 겉으론 표현 못 해도 속으로는 엄마를 사랑하고 있다는 것을 알아주셨으면 좋겠어요. 엄마 생일이 코앞인데 실망시키는 일만 저질러서 정말 죄송하고 후회스럽네요. 그 일이 있은 후에 엄마가 마음 아파하고 속상해하는 것이 저에게는 가장 힘들었던 것 같아요. 이제부터라도 엄마에게 행복만 주고 도움이 되는 아들이 되도록 노력할게요. 진심으로 생일 축하드리고 엄마 몸이 건강해졌으면 좋겠어요. 엄마 몸이 아픈 것도 나중에는 꼭 사라질 거라 믿어요. 생일 축하드려요. -찬주가

항상 고맙고 항상 미안한 엄마께

엄마 오늘이 51번째 생일이네요. 정말 생신축하드려요. 저는 평소에 엄마가 저한테 신경 엄청 많이 쓰신다는 거 알고 있어요. 철없는 제가 가끔씩 엄마한테 화도 내고 싫증을 내는데 그런 후에는 항상 나중에 후회되고 미안하다고 느끼고 있어요. 계속 엄마 기대에 부응하려 열심히 살아보려고 해도 그게 잘되지가 않네요. 엄마 아빠가 저 부담 덜어주기 위해서 노력 많이 하셨으니까 엄청 열심히 할게요. 그리고 이번에 미국 보내주신 것 정말 감사하게 생각하고 이 기회 잘 살려서 좋은 경험하고 올게요. 엄마 아빠가 저한테 해주시는 만큼 좋은 행동만 해야 하는데 그러지 않아서 죄송해요. 낳아 주셔서도 감사하고 걱정해 주

시는 것도 감사해요. 매 시간마다 엄마 아빠 많이 사랑한다는 것 알아주셨으면 좋겠어요. 찬주가

사랑하는 찬주에게

찬주가 태어난 날이구나. 벌써 16년이 되었네. 엄마가 힘들게 키웠지만 이렇게 늠름하고 씩씩하게 잘 자라 주다니. 고마워. 엄마가 몸과 마음이 힘들 때도 있지만 찬주가 반항하지 않고 엄마 말씀도 잘 들어주어서 힘든 것도 사라진단다. 멋지고 잘생기고 공부도 잘하는 찬주가 자랑스럽다. 다만 엄마도 바쁘고 찬주도 바빠서 서로 대화할 시간이 부족한 것 같아서 안타깝단다. 엄마는 더 바라는 것 없고 이대로 잘해주었으면 한단다. 이제 중학교 3학년이네. 내년에는 고딩이고. 무엇을 하든지 하나님을 생각하고 경외하는 찬주가 되길 바라. 오늘 선물 사러 가는데 마음에 꼭 드는 걸로 고르렴. 사랑해. 엄마가.

② 부모의 믿음으로 달라진 아들

작은 아이는 파란만장했던 중학교를 졸업하고 집 근처 고등학교로 배정받았다. 하지만 선생님들은 집 주변 고등학교에 보내지 말라고 하셨다. 주변 친구들과 어울리다 보면 공부에 방해

될 수 있기 때문이었다. 고민하던 중 어느 날 담임선생님으로부터 편지 한 장을 전달받게 되었다. 소년 보호소에 가 있는 작은 아이 친구의 편지였다. "어머니, 찬주가 이 친구와 연루되지 않았으면 좋겠어요." 가슴이 철렁했다. 다른 방도를 찾아야만 했다. 작은 아이를 교회 소속 국제학교에 보내야겠다는 생각이 들었다. 국제학교에 아이를 보내고 있는 지인한테 전화했다. 지인을 통해 자세한 정보를 얻게 됐다. '바로 여기야. 찬주를 보내야겠어.' 그때부터 작은아이를 설득하기 시작했다. 처음엔 거절했지만 차츰 우리 의견에 따라왔다. "찬주야, 국제학교에 가면 나중에 미국에서 공부할 수 있어. 어렸을 때 유학 가고 싶다고 했잖아. 미국은 운동 잘하는 학생들에게 더 유리한데." 결국 작은 아이의 승낙을 얻어냈다. 작은 아이는 국제학교에 입학하게 되었고 학교생활도 순탄하게 하게 됐다. 이곳에서 또래 친구도 사귀고 영어실력도 많이 향상됐다.

1년이 지난 후 미국 대학 입학을 위해 미국 고등학교에 들어가는 것이 더 좋을 것 같다고 생각하게 됐다. 작은 아이의 장래를 위해 미국으로 보내게 된 것이다. 물론 불안한 마음도 있었고 적응을 잘할지도 걱정됐다. 하지만 작은 아이를 믿어보기로 했다. 처음 인천공항에서 작은 아이를 보낼 땐 마음이 복잡하고 심란했다. 그렇게 보내고 난 후 다음날 미국에 도착했다는 연락을 받았다. 멀고 낯선 곳에 아이를 보낸 것 같아 감정이 이상하긴 했다. 다음 날부터 매일 화상 통화했다. 함께 성경을 읽고 기도하니 마음이 한결 편했다. 작은 아이는 그동안 부모를 실망시켰다는 자책감 때문인지 성경 읽기에 거부감이 없었다. 얼마나 감사한 일인지. 작은 아이는 미국에서 잘 적응했다. 미국 친구, 유럽 친구들을 사귀고 운동도 열심히 했다. 공부에도 소홀히 하지 않았다. 사춘기를 겪으면서 공부에 흥미를 잃었지만 미국 가서는 우수한 성적을 얻게 된 것이다.

'세상만사 사람 일은 알 수 없구나.' 우리 아이들이 지금은 형편없는 듯 보이지만 나중에 어떤 인물이 될지는 아무도 알 수 없다. 다만 아이들을 믿고 지지하고 격려 해주는 것이 무엇보다 중요하다는 것을 느꼈다. 끝까지 작은 아이를 의심하지 않고 믿어 준 것이 큰 힘이 됐다. 부모가 믿어주는 것을 작은 아이도 알고 있다. 여전히 사랑하고 있다는 것도.

작은아이는 대학입시를 위해 열심히 공부했다. 방학 땐 영어학원을 다니면서 토플과 SAT, 에세이 준비를 했다. 아침 7시에 나가서 밤 12시가 되어 돌아오곤 했다. 미국 대학도 한국 대학 못지않게 좋은 성적을 요구하기 때문에 열심히 공부할 수밖에 없다. "너무 부담스럽지 않게 해라. 편하게 공부해라." 이렇게 이야기해 줬다. 작은 아이는 큰 결심을 하고 미국에 갔기 때문에 부모님을 실망시키지 말아야겠다고 생각했던 모양이다. '부모님이 나를 위해서 이렇게까지 했구나. 내가 열심히 해야겠다.' 작은 아이는 최선을 다했다. 결국 미국 보스턴 대학교에 합격하게 된 것이다.

미국에 간 작은아이가 아빠에게 쓴 편지를 소개하겠다.

아빠. 52번째의 생일을 축하드려요. 아직 비싼 선물은 못 해 드리지만 편지로 좋은 선물 만들고 싶네요. 이번에 미국 가서도 그렇고 한국에 있을 때도 아빠의 존재가 저에게 매우 중요하고 소중한지를 많이 느꼈어요. 가서 힘들거나 적응하기 힘들 때 항상 격려해 주시고 응원해주셔서 훨씬 잘 적응할 수 있었던 것 같아요. 이번 11학년은 저 나름대로의 목표도 있고 더 열심히 해낼 자신도 있어서 기대해 주세요. 아빠가 저 믿고 응원해 주시는 거 너무 고맙고 꼭 그 믿음을 멋지게 보답해 드리고 싶어요. 아빠는 저에게 정말 중요하고 멋진 사람입니당.

　　　－아빠의 아들로부터

남편이 작은아이에게 쓴 편지를 소개하겠다.

멋쟁이 찬주. 아빠는 우리 찬주가 멋지고 나름 주관도 있고, 새로운 시도와 경험을 잘 해내고 있어 자랑스럽단다. 방학해서 와서 "언제 가려나?" 했는데 "이제는 며칠 후면 가게 되네" 하고 날짜를 세게 되는구나. 미국생활의 적응, 학교성적 그리고 대학, 졸업, 취직 등 남들보다는 더 많이 생각하고 준비하고 스스로 찾고 상의하고 결정해야 할 위치라고 생각된다. 걱정은 말고, 뒤에 엄마. 아빠가 있잖아. 하여튼 우리 찬주 한번 멋지게 하고 싶은 것 해보렴. 이번 11학년 모든 면에서 잘해 낼 거라 믿는다. 사랑한다. ─아빠가

PART

03

- - - - - - - - - - - - -

공부머리는
타고나는 것이 아니라
후천적 교육으로
만들어지는 것이다

01

엄마의 책 읽어주기의
힘을 믿어라

① 책 읽어주기의 힘

난 어려서부터 책을 많이 읽지 않았다. 공부도 그렇게 썩 잘하
지도 못했다. 그래서 늘 책과 공부에 대한 아쉬움이 많이 남았
다. 늦바람이 무섭다고 지금 열공 중이다. 50대 중반인 나이에
책을 사랑하게 됐고 공부가 재미있어졌다. 20대는 대학생활과
직장생활로 바빴고 30~40대는 아이들 키우랴. 아이들 공부시
키랴. 수업 다니랴 바빴다. 지금은 내 공부에 바쁘다. 공부에
대한 아쉬움이 커서인지 자녀교육에 관심이 많았다. 자녀교육
서도 닥치는 대로 읽어대면서 아이들을 키웠다. 훌륭한 아이들
로 키워내고 싶었다. 그렇게 시작한 것이 바로 '자녀에게 책 읽
어주기'다. 자녀 교육서에 빠짐없이 등장하는 것이 '독서의 중

요성'이다. 독서의 중요성을 뼈저리게 느껴서 태교조차 책으로 했다. 아기가 태어나서 누워있을 때도 말을 많이 걸어줬다. 아침마다 아기를 안고 벽에 붙여놓은 동물친구들을 보여주면서 대화했다. 성경책이건 그림책이건 엄마의 사랑스러운 목소리로 책을 읽어 줬다. 신기하게도 책을 읽어줘도 기운이 빠지지 않았다. 오히려 책 내용에 감동했다. '아이들 동화책이 참 재미있구나.' 살림하는 시간은 줄이고 많은 시간을 할애해서 매일 책 읽어주기를 게을리하지 않았다. 난 아이들이 초등학교 6학년 때까지 읽어줬다.

'초등매일 독서의 힘'에서 이은경 선생님은 부모의 책 읽어주기는 아이들이 '내가 사랑받고 있구나' 라고 느끼게 한다고 했다. 작은 아이를 무릎에 앉혀 읽어주고 있으면 큰 아이도 내 다리사이로 비집고 들어와 자기도 읽어달라고 떼썼다. '엄마의 사랑을 서로 독차지하고 싶어 하는구나.' 서로 다른 책을 가져와 책을 읽어달라고 할 때는 난감했다. 그럴 땐 순서를 정해 연달아 읽어주곤 했다. 엄마가 책을 읽어주다 보면 아이들이 책을 좋아하게 된다. 집에 책이 많고 그런 환경을 조성해 줄 때 아이들은 더 많이 책을 읽게 된다. 책도 많이 읽어 주었지만 책 배열에도 신경 썼다. 책표지를 보이게끔 세워 두기도 하고 책

놀이도 함께 했다. 아이들이 어렸을 땐 밟히는 게 책이 될 정도로 어질러 놓고 살았다. 평일, 주말 할 것 없이 서점과 도서관을 다녔다. "얘들아, 서점 가자. 책 읽고 맛있는 거 사 줄게." 아이들이 좋아하는 치킨이나 햄버거를 사준다고 하면 금세 따라 가겠다고 했다. 서점에서 책을 읽어주고 난 후에는 한 명당 2권씩 책을 사줬다. 엄마가 고른 책 1권, 아이들이 고른 책 1권. 도서관 다닐 때도 마찬가지였다. "도서관 가서 책 읽고 라면 사 먹자."라면 먹을 생각에 열심히 책 읽는 아이들이 귀여웠다.

큰 아이가 쓴 일기를 소개하겠다.

영풍문고

오늘 동생과 엄마랑 영풍문고에 갔다. 너무 오래 있지는 않았다. 우리는 한 달 전부터 시험공부를 해야 해서 총정리 문제집을 샀다. 지경사에서 나온 로빈슨크루소를 샀다. 영풍문고에 가서 맛있는 햄버거와 치킨과 자장면을 먹고 홈플러스에서 옷도 샀다. 아주 기분이 좋았다. 근데 도중에 헤어져서 찾을 때 다리가 너무 아팠다.

'아이의 두뇌를 깨우는 하루 15분, 책 읽어주기의 힘'에서 짐 트렐리즈와 신디 조지스는 책 읽어주기에는 너무 늦은 아이는 없다고 말하고 있다. 13세~14세 아이들에게도 가능하다고 했다. 사춘기에 접어드는 시기이기 때문에 더욱 중요하다는 생각이 들었다. 초등 6학년 땐 인물이야기를 많이 읽어줬다. 그 대표적인 책은 '가난하다고 꿈조차 가난할 수 없다(김현근 지음)'이다. 이 책은 2권으로 구성되어 있다. 작은아이에게 읽어주면서 계속 눈물이 났다. '엄마가 왜 우는 거지?' 궁금해하면서 더 집중하는 것이었다. 증권회사를 다니던 아버지가 직장을 잃고 어머니가 생계를 책임질 수밖에 없는 가정형편이었지만 김현근은 그토록 꿈꾸던 미국 명문대에 특차로 합격하게 되는 이야기다. 너무도 처절하게 노력하는 모습에 감동받았다. 작은 아이는 책 읽어준 다음 내용부터 모조리 읽어나가는 것이었다. 큰 아이도 자기 혼자 읽은 후 느낀 바가 컸던지 일기에 기록했다.

김현근

난 오늘 '가난하다고 꿈조차 가난할 수는 없다' 1편을 봤다. 난 예전부터 이 책을 많이 읽어 보았지만 또 읽어봤다. 초등학교 5학년때 현근이 형의 아버지가 직장을 잃으셔서 집이 가난했다.

하지만 현근이 형은 포기하지 않고 계속 공부를 했다. 중학교 때도 전교 1등이었고 고등학교 때도 전교 1등이었다. 어려움을 이겨내고 공부를 열심히 한 현근이 형이 존경스러웠다. 그래서 존경하는 사람 1위는 현근이 형이다. 나는 일단 먼저 끈기를 배우고 싶다. 그리고 포기하지 않는 습관을 본받고 싶다. (중략) 그래서 중학교, 고등학교, 대학교 차례대로 전교 1등이나 반 1등이라도 해서 김현근 형처럼 꿈을 이뤄서 물리학자가 될 것이다. 김현근 형 최고. 나도 최고. 화이팅.

작은아이를 위해 구입한 책이 큰 아이에게 더 큰 영향을 주게 됐다. 엄마들이 책에 관심을 갖고 아이들에게 적절한 시기에 책을 넣어주는 일은 정말 중요하다. 남자아이들은 여자아이들에 비해 책을 덜 좋아하는 경향이 있다. 우리 집 아이들이 그랬다. 그래서 책 선택할 땐 아이들이 먼저 선택할 수 있도록 해 줬다. 자기가 선택한 책은 더 집중해서 보기 때문이다. 아이들과 서점이나 도서관으로 나들이 가서 함께 책을 읽기를 추천드린다.

② 책 읽어주기의 유익
지인 중에 독서논술교사로 함께 활동했던 선생님이 있다. 선생

님도 두 아들을 두셨는데 큰 아들은 고려대 경영학과에 다니고 있고 작은 아들은 의대를 목표로 재수하고 있는 상태다. 어느 날 선생님과 차 한잔하면서 자녀교육을 어떻게 시켰는지 물어봤다. "다시 이렇게 아이들을 키우라고 하면 못 키울 것 같아요." 내가 예상했던 대로 선생님은 뱃속에 있는 아기에게 말을 많이 걸어줬고 책도 많이 읽어줬다고 했다. 아기를 낳은 후에도 책 읽어주기는 계속됐다. 아기가 조금씩 걸을 땐 누워있는 엄마 배 위에 책을 쌓아가면서 놀았다는 것이다. 책을 안 읽어주면 떼를 엄청나게 써서 힘든 적도 많았다고 했다. 돌 지나고는 말을 하기 시작했고 어느새 책을 줄줄 읽기 시작했다는 것이다. 어릴수록 책을 많이 읽어주면 머리가 좋아지는 게 맞는 말이라고 했다. 그래서 유독 작은 아이가 천재기질이 있다고 했다. 최근 9월 모의고사에서도 전체에서 4개 이내로 틀렸다고 했다. 우리 큰 아이처럼 재수학원을 다닌 것도 아닌 혼자 집에서 공부한 결과였다. 공부를 잘하고 똑똑하게 된 데에는 책이 결정적인 역할을 했던 것이다. 물론 책이 다는 아니다. 적어도 책 읽어주기는 힘이 있는 건 사실이다. 나도 큰 아이 키울 때 따로 한글을 가르친 적은 없었다. 그냥 책을 읽어주면서 자연스럽게 습득이 됐다. 엄마의 목소리로 책을 읽어주게 되면 뇌

발달에도 긍정적인 영향을 얻게 된다.

난 독서논술에서 고학년 아이한테도 책을 읽어준다. 공부를 잘 못하는 중학생인 경우도 마찬가지다. 혼자 읽었을 때 잘 이해하지 못하는 부분이 있기 때문이다. 책을 읽어오지 않은 상태에서 글쓰기를 시키지 않는다. 오히려 글쓰기를 시키지 않고 책 읽기를 시킨다. 엄마들에게 다음수업 책을 안내해 드리고 꼭 가정에서 읽어올 수 있도록 말씀드린다. 엄마들에게 말씀드리는 데에는 이유가 있다. 직접 책을 사서 아이가 혼자 읽든, 엄마가 읽어주든, 가정에서부터 훈련을 하라는 의미다. 책 읽어주기를 꾸준히 계속한다는 것은 힘들다. 하지만 이것만이 길이다. 자녀가 공부도 잘하고 똑똑해지기 원한다면 열심히 책을 읽어주시라고 말씀드리고 싶다.

02

공부 잘하는 아이의
기본기는 '독서'이다

① 자녀들의 독서습관

'독서'는 책이나 글을 읽는 행위다. 독서의 중요성은 예나 지금이나 여전하다. 요즘은 문해력의 중요성도 대두되고 있다. 독서를 통해 우리가 얻는 유익은 무엇일까? 독서 자체로서의 즐거움과 기쁨을 줄 뿐만 아니라 지식을 습득함으로 성취감을 얻기도 한다. 책 한 권 읽은 것으로 성취감을 느끼기도 한다. 나의 어린 시절, 독서의 즐거움을 느끼지 못했다. 10대와 20대 땐뭐 하느라 그렇게 바쁘게 살았는지. 지나간 세월 후회해도 소용없고 지금이라도 책의 즐거움을 알게 돼서 다행이다.

아이들이 어렸을 때부터 책을 많이 구입했다. 전집도 몇 질씩 사기도 했다. 시기별로 필요한 책이다 싶으면 중고라도 구입했다. 한참 전집을 사들이다가 단행본에 눈을 돌려 한 달에 5만 원씩 꾸준히 샀다. 독서논술교사가 되면서 책에 대한 나의 인식이 바뀌었다. 아이들에게 많은 책을 안겨주는 것보다 한 권한 권 만나게 해주는 게 중요함을 깨달았다. 전집류를 구입해 보지 않은 집은 없을 것이다. 누구나 독서의 중요성을 알기 때문이다. 전집류라고 해서 다 나쁜 것만은 아니다. 다만 아이에게 다 읽히려는 의도를 갖지 않는 게 중요하다. 엄마들은 책을 많이 읽히고 싶어서 많은 양의 책을 한꺼번에 사들이는 실수를 범하곤 한다. 자칫 독서의욕이 꺾일 수 있다. 아이들이 원한 것도 아닌 엄마들의 욕심 때문이다. 독서논술교사가 되면서 책한 권을 아이와 함께 읽고 이야기 나누는 것이 얼마나 중요한지를 알게 됐다.

큰 아이는 어릴 때 유독 공룡에 관심이 많았다. 공룡과 관계된 책을 다양하게 접해 주었다. 공룡에 관심이 있다 보니 파충류에도 관심을 보였다. 더 깊고 넓게 확장해 갔다. 작은 아이는 '수호의 하얀 말' 책을 너무나 좋아했다. 넓은 평야를 달리는 하얀 말이 인상 깊었던 모양이다. 엄마는 아이에게 꾸준히 책을 읽어 주면서 관심 보이는걸 잘 관찰해야 한다. '우리 아이가 이걸 좋아하는구나. 여기에 관심을 보이네. 연관된 책을 골라

주어야겠다.' 난 아이들이 학습 만화책을 읽는 데에는 조금 너그러웠다. why 시리즈나 마법 천자문, 만화 삼국지, 만화 한국사 세계사를 무척 좋아했다. 학습만화는 공부하다가 쉴 때 보게 했다. 작은 아이가 중학교 2학년 땐 이렇게 말했다. "엄마, 만화 세계사가 역사 시험 볼 때 엄청 도움 되더라." 아이들이 그림책에서 글책으로 넘어가기 쉽지 않을 땐 판타지나 만화책을 접해 줘도 괜찮다고 생각한다. 만화책도 잘 선별할 필요는 있다. 주로 과학이나 역사는 어렵기 때문에 만화로 먼저 접해주면 훨씬 이해하기가 쉽다. 나는 아이들이 즐겁게 책을 읽으면 된다라고 생각했다. 하지만 너무 학습 만화만 본다 싶으면 제한도 뒀다. 아이들의 의중도 살피면서 책을 골고루 읽을 수 있도록 했다. 어려운 책들은 앞부분만 읽어주고 "네가 나머지 읽고 엄마도 궁금하니까 이야기해 줘." 이렇게 유도했다. 고학년이 되었을 땐 인물이야기 등을 읽게 했다. 꿈을 찾기를 바라서였다. 작은 아이는 축구를 좋아해서 박지성이 쓴 책을 여러 권 사 줬다. 워런버핏, 빌게이츠 책도 읽게 해 줬다.

아이들이 책을 좋아하게 하고 독서습관을 잡히게 하려면 독서 환경이 정말 중요하다. 난 컴퓨터는 거실에 놓아두었고, TV는 작은 방 베란다에 두었다. 아이들이 학교에서 돌아오면 쉬고 싶은 마음에 TV부터 틀게 된다. 고민 끝에 결정한 것이 TV를 없애는 것보다 덜 보게 하는 방법이었다. 지상파만 나오게 하고 작은 방 베란다에 서랍장 위에 올려놓았다. TV 보기 불편하게 만들었던 것이다. 그랬더니 아이들은 불평을 늘어놓곤 했다. "우리 집은 TV 볼 것이 없어." 아이들이 어렸을 땐 환경이 정말 중요하다. 환경이 어떻게 조성되느냐에 따라 습관으로 연결되기 때문이다. TV, 컴퓨터 배치하기, 잠자는 방과 공부하는 방 분리하기 등을 신경 썼다. 그래서 아이들이 책을 가까이하게 되고 공부할 땐 공부하고 놀 땐 노는 분위기가 조성되게 됐다.

아이들이 초등학교 땐 사교육을 많이 시키지는 않았다. 큰 아이는 방문 수업인 윤선생 영어와 학습지를 시켰고 수학은 집에서 심화 문제집을 풀렸다. 작은 아이는 축구를 너무 좋아해서 축구 선수반을 다녔고 플루트 레슨을 받았다. 윤선생 영어와 집에서 수학 문제집을 풀렸다. 시간이 많이 남아 아이들이 하고 싶은 것을 할 수 있었다. 밖에서 신나게 놀고 집에 들어와선 책을 읽었다. 학원을 많이 다니지 않아 책 읽는 시간이 많았다. 독서를 즐겁게 하기 위해서는 부모의 모습도 정말 중요하다. 아이에게 책을 읽으라고 하는 것보다 부모가 먼저 모범을 보이면 아이들은 더 책을 자주 읽는다. 나 같은 경우에는 큰 아이가 초등학교 1학년이 되기 전에 공인중개사 준비를 했다. 공인중개사 학원을 다녔고 집에서는 아이들이 잠자리에 들면 그때서야 공부를 시작했다. 주말에도 도서관 다니면서 공부를 계속했다. 공인중개사 시험이 끝난 후에는 독서논술 공부를 계속했고 수업 준비를 위해서 책을 계속 읽었다. 부모의 책 읽는 모습을 보여 주려고 의도한 것이 아니라 실제로 내가 필요해서 공부를 했고 책을 읽었던 것이다. 엄마의 수업준비하는 모습, 책 읽는 모습, 공부하는 모습을 보면서 아이들도 자연스럽게 책을 읽고 공부를 하는 것이었다. 난 지금도 독서논술 엄마들께 열심히 사는 모습을 자녀들에게 보여주시라. 공부하시라. 말씀드린다. 이것이 진정 '자녀들이 독서를 즐기는 길이다' 라고 생각한다.

② 책 읽기의 힘

아이들에게 책 읽기는 공부가 되어서는 안된다고 생각한다. 그러려면 책이 재미있어야 한다. 아이들에게 먼저 책을 선택할 수 있는 기회를 많이 주고, 원하는 책을 읽게 끔 도와주어야 한다. '재미' 가 먼저고 '지식' 은 그다음이다. 아이가 재미있는 책에 대한 경험을 하게 되면 그 즐거움은 배가 된다. 아이들에게 독서의 바다에 풍덩 빠지게 하여 상상의 나래를 펼치게 해 주자.

작년 여름방학 때 독서논술에서 책 읽기 도전프로그램을 했다. 아이들을 키워 본 입장에서 많은 시간 집에서 뒹구는 아이들을 보고 있자니 엄마들은 신경 쓰이게 마련이다. 특히 코로나 시국에 휴가도 자유롭게 가기 어렵고 집에서 아이들에게 책 좀 읽히자니 쉽지 않을 게 뻔할 것 같아 고안해 낸 것이다. 많은 아이들이 오전 시간 대에 와서 각자 책을 읽고 간단한 독후 활동지를 완성하고 갔다. 그중에서 유독 눈에 띄는 아이들이 있었다. 형제 지간인데 큰 아이는 초등 4학년이고 작은아이는 초등 2학년 남자아이들이었다. 1시간 내내 책에서 눈을 떼지를 않는 것이었다. 그것도 빠르게 책을 읽는 것도 아니고 천천히 정독하는 것이었다. '책을 많이 읽은 아이들이구나. 역시 다르다.' 아이들 어머니와 통화해 보니 집에서도 이렇게 책만 읽는다는 것이었다. 너무 놀라웠다. '어머니께서 아이들에게 책 읽는 습관을 잘 만들어주셨구나.' 다른 남매지간도 소개할까 한다. 초등 5학년 누나와 초등 3학년 남자동생이었다. 처음 상담 와서 테스트하는데 두 명 다 굳은 표정이었다. 억지로 온 분위기였다. 아이들을 테스트한 후 결과는 중요하지 않다고 말해

줬다. 아이들이 편안해하면서 금세 분위기가 좋아졌다. 초등 5학년 여자아이는 이렇게 말하는 것이었다. "선생님, 저는 도마뱀을 너무 좋아해요. 혹시 도마뱀에 관련된 책은 없나요?" 자기는 오로지 도마뱀 책만 좋아한다는 것이었다. 다른 책을 권했지만 싫다는 것이었다. 초등 3학년 남동생도 책은 싫다고 했다. 난 아이들에게 흥미가 가는 책들을 골라 읽어줬고 권해주기도 했다. 아이들이 가고 난 후 어머니와 통화해 봤다. 아이들이 어렸을 때 책을 많이 읽어주지 못했다는 것이었다. "어머니, 앞으로 부모님 숙제예요. 아이들에게 의무적으로 매일 읽어주세요." '가정에서 부모의 역할이 얼마나 중요한지.' 다시 한번 깨닫게 됐다. 독서의 중요성을 알고 있었지만 실천하지 못한 경우다.

아이들이 어린 시절, 엄마가 책을 읽어주게 되면 아이들의 뇌가 활성화된다고 '책 읽는 뇌'에서 말하고 있다. 어릴 때부터 책을 읽어주면 자연스럽게 스스로의 독서로 이어지게 된다고 한다. 너무도 쉽고 간단한 이 일이 엄청난 차이를 가져오게 되는 것이다. 결국 엄마들의 책 읽어주는 습관이 아이들의 책 읽는 습관으로, 아이들의 책 읽는 습관이 공부로 연결되는 것이다. 자연스럽게 문해력이 발달하고 언어능력이 향상되어 공부도 쉬워지는 결과를 낳게 되는 것이다.

독서논술을 운영하면서 가장 중요하게 생각하는 것은 책을 좋아하게 끔, 공부가 좋아지게 끔 하는 데 있다. 무엇이든지 억지로 하면 성과를 이룰 수 없다. 아이들이 책을 좋아하게 하려면 어떻게 해야 할지 늘 고민한다. 일단 자신이 끌리는 책을 고르는 게 제일 중요하다고 생각한다. 그리고 잘 읽어왔으면 칭찬해 주는 것이다. "책 잘 읽어왔구나. 잘했다." 더 많은 아이들이 책과 가까워지고 독서의 기쁨을 갖게 되길 바란다.

03

엄마의 말 한마디가 아이의
지능에 영향을 미친다

'인간관계론'에서 데일 카네기는 '대부분의 사람은 자신에게 정직하다는 평이 주어지면 그에 맞게 살아간다'라고 말하고 있다. 상대가 어떻게 말하느냐에 따라 듣는 사람의 행동도 바뀌게 된다는 뜻으로 해석된다. 말 한마디가 얼마나 중요한지 알 수 있다.

앞서 말했지만 나는 자랄 때 부모님의 영향보다는 언니들의 영향을 많이 받고 자랐다. 큰언니가 나한테 준 상처가 아직도 아물지 않은 상태다. 내가 2년제 대학을 결정할 때 큰 형부의 도움을 받았다. 대학 첫날 수업이 끝나고 큰 언니와 통화한 일이 있었다. 큰 언니는 이렇게 말했다. "넌 2년제 겨우 붙었으면서 큰 형부에게 고맙다는 말 한마디도 안 하니?" '내가 원했던 대학도 아니고. 이런 말까지 들어야 하다니.' 너무 가슴이 아팠다. 자신감도 떨어졌다. 만일 내가 언니였다면 이렇게 말해주었을 거다. "향선아. 괜찮다. 기운 내라. 편입의 길도 있지 않니. 화이팅."

내가 결혼할 땐 친정 도움을 많이 받지 못했다. 순전히 내 힘으로 결혼 준비를 했다. 경제적으로 어렵게 시작한 결혼이라 친정 언니들 혼수를 챙겨주지 못했다. 한번은 큰 언니가 회사로 전화하더니 "너는 언니들 혼수도 안 챙겨주니? 네가 어떻게 그런 회사를 다녀? 작은언니가 너 소개해줘서 다니게 된 거잖아. 네가 동생이니?" 이렇게 말하는 것이었다. 그 말에 너무 충격받아 그날 식사도 제대로 못할 정도였다. 내가 이러한 사생활까지 언급하는 이유는 가까운 혈연 지간에도 말 한마디가 얼마나 중요한지를 말하기 위함이다. 아무리 화가 난다 해도 말은 정말 조심해야 된다고 생각한다. 말 한마디가 서로의 관계를 힘들게 할 수 있기 때문이다. 어른들도 이런데 부모 자녀 사이는 오죽하겠는가? 만일 부모가 자녀에게 비난조로 말한다면 자녀는 큰 상처를 받게 될 것이고 매사에 반항하려 들 것이다.

우리 시아버님 이야기를 잠깐 하겠다. 난 친정부모 두 분 다 돌아가셔서 시부모님이 나의 부모님이나 다름없다. 아버님께 전화드릴 때마다 늘 하시는 말씀이 있다. "향선아. 너는 이 세상에 단 하나뿐인 내 며느리야. 난 너희들 잘할 줄 믿는다. 기도하고 있으니 건강 잘 챙겨라." 이 말씀을 들을 때마다 콧등이 찡하다. "너희들 잘할 줄 믿는다." 이 말은 거의 빠지지 않는 멘트다. 얼마나 힘이 되는 말인지. 시부모님이 젊으셨을 땐 가정형편이 많이 안 좋았다. 아버님은 네 명의 자녀들에게 늘 이렇게 말씀하셨다고 한다. "내 몸을 팔아서라도 너희들 가르치겠다. 내가 돈이 없어 많이 못해 주지만 너희들 머릿속에 공부를 넣어주겠다." 이렇게 자녀들을 아끼면서 존중하면서 키우셨던 것이다. 내 남편은 장남으로 이 말을 새겨들은 모양이다. 어느 날 남편은 아버님이 하신 말씀을 똑같이 하는 것이었다. 우리가 형편이 어려울 때 했던 말이다. "내 몸을 팔아서라도 우리 가족 살리겠다." 이 책을 쓰면서 다시 한번 남편에게 감사하다는 말을 하고 싶다. 말 한마디가 이렇게 큰 위력을 줄 수 있다는 것에 놀라움을 금할 수 없다. 아버님과 남편이 이런 말들을 해줄 때 나는 내 안에서 엄청난 힘이 샘솟았고 열심히 해보고 싶은 마음이 들었다. 우리 부모들은 자녀들에게 '잘할 줄 믿는다', '고맙다' 때로 부모가 실수했다면 '미안해'라고 말할 수 있는 부모가 되었으면 좋겠다.

독서논술에서도 교사의 말 한마디가 아이들의 성취감 형성에 큰 영향을 미친다는 것을 알 수 있다. 무심코 던지는 말을 조심해야 한다. 아이들이 답을 모르면 맞출 수 있도록 첫 번째 힌트, 두 번째 힌트. 이렇게 기회를 주면 아이들은 답을 금방 찾는다. 가급적 아이들이 맞출 수 있도록 유도함이 중요하다. 그러면 아이들은 '나 잘하네.' 스스로를 자랑스러워한다. 이것이 얼마나 중요한지. 아이들에게는 자신감만큼 중요한 것은 없다라고 생각한다. 비난하는 말이나 명령조의 말, 부정적인 말 등은 어떤 형태로든 위축되게 한다. 그리고 자신감도 떨어진다. 가정에서도 마찬가지다. 설령 부모의 말이 옳거나 맞다고 할지라도 듣는 자녀의 입장을 고려해야 한다. 내가 듣기 싫은 말은 상대방도 싫다. 우리 부모들은 기대 수준을 좀 낮추고 겸손한 마음으로 자녀들을 대했으면 좋겠다. 그렇게 된다면 부모와 자녀 간의 관계도 한층 가까워지게 될 것이다.

04

. . . .

평범한 엄마가 실천한 아이의
공부습관 만들기

① 엄마의 꾸준함이 공부습관을 만들다.

미취학 아동시기부터 형성된 엄마의 책 읽어주기는 중고등학교 공부습관으로 이어지게 된다. 아이들은 엄마가 들려주는 책 내용을 한자리에서 오랜 시간 들으면서 집중력을 배우게 된다. 공부 습관을 들이려면 엄마의 노력이 반드시 필요한 이유가 여기에 있다. 공부는 그냥 잘하게 되는 경우는 드물다. 환경의 요인이나 부모의 열정, 엄마의 노력이 뒤따르지 않는다면 공부습관 잡기는 쉽지 않다. 난 아이들이 어린 시절 책을 많이 읽어줬다. 어린 시절을 놓칠세라 집안 살림보다 책 읽어주는 시간에 더 할애했다. 책을 읽어주면 읽어줄수록 아이들은 책을 더 좋아하게 됐다. 초등학교 들어가서는 공부시키기도 수월했다. 어린 시절 책을 많이 접해줘서 학교 공부에도 많은 도움이 됐다.

우리 집 아이들은 청소년기엔 사춘기를 심하게 겪었다. 그땐 학교성적도 많이 떨어졌다. 그렇지만 아이들이 정말 공부해야 할 시기엔 집중해서 공부하여 정상 궤도에 올라섰다. 어린 시절 독서의 힘이 이때 나타났던 것이다. 큰 아이는 중학교 3학년 때부터 공부하기 시작했다. 공부에 집중하다 보니 성적이 상승하게 됐고 공부가 재밌어졌다는 것이다. 공부가 재밌어지니 더 열심히 하게 되는 선순환이 계속 이어졌던 것이다. 아이들의 어린 시절 독서와 공부습관 잡아주기가 얼마나 중요한지 강조하지 않을 수 없다.

난 아이들이 초등학교 때 매일 정해진 분량을 공부하게 도와줬다. 예를 들면 하루 3장 풀기 아니면 날짜를 매일 기입해 주는 식으로 풀도록 했다. 공부를 다하고 나면 나가서 신나게 놀게 해 줬다. 공부습관 들이기에 노는 것은 빠지면 안된다. 아이들은 공부한 후에 자유가 있다고 생각하면 더 집중해서 공부한다. 하지만 꼭 공부를 먼저 하고 놀라는 말은 아니다. 아이마다 성향이 다르기 때문에 놀거나 운동하고 와서 공부를 할 수도 있다. 작은아이는 운동을 워낙 좋아해서 축구를 갔다 온 후 공부하라고 했다. 어느 날 작은아이는 이렇게 말했다. "엄마, 축구하고 와서 공부하니 더 집중이 잘돼요. 스트레스를 풀고 와서 그런가 봐." 아이들 공부시키기는 공부 습관을 만들기 위한 전초 작업이라 할 수 있다. 사실상 초등학교 땐 스스로 공부하는 아이들이 없다. 우리 집 아이들은 중학교 2학년 때까지도 자기주도가 되지 않았다.

큰 아이는 7살 중반부터 윤선생 영어를 공부했다. 그땐 윤선생 영어와 튼튼영어를 많이 시키는 추세였다. 튼튼영어는 놀이식 영어로 재밌게 시작하는 영어였지만 나중을 생각해 공부 양이 많은 윤선생영어를 선택했다. 매일 해야 되는 양도 상당하고 방문 선생님도 일주일에 한번 점검해 주는 방식이다. 매일 엄마와 아이가 공부해야 하는 시스템이다. 아침마다 선생님이 전화해서 테스트를 하기 때문에 인내심이 없다면 지속하기가 쉽지 않았다. 주변 엄마들은 아이 잡는 거라고. 그렇게 시키다가 아이들이 공부에 손을 놓을 수 있다고. 겁을 주었지만 내 신념은 확고했다. 초등 6학년까지 윤선생영어를 지속했고 초등 6학년 후반부엔 일반영어학원에 보냈다. 6년이라는 시간 동안에 아이와 엄청나게 싸우기도 하고, 매일 점검하느라 지치기도 했지만 이때 공부습관이 자동적으로 잡히게 되지 않았나 싶다. 아이도 힘들고 나도 힘들었지만 영어실력은 둘째 치고라도 공부 습관만큼은 확실히 잡혔다.

아이와 항상 함께 했던 것은 수학 공부였다. 학습지를 하거나 학원을 보내지 않았고 오로지 집에서 수학 심화와 한 학기 선행을 꾸준히 계속했다. 매일 점검하면서 채점했고 오답 노트까지 만들어 풀게 했다. 오답 노트 만드는 게 힘들 땐 다른 노트에 문제지를 오려서 붙여가면서 만들기도 했다.

큰 아이가 초등 4학년 땐 영어단어 테스트도 매일 했다. 아이들 공부 봐주는 것이 일이라고 여겨지지 않았다. 나의 일상이었기 때문에 재미있었다. 귀찮고 재미없었다면 지속하기 어려웠을 것이다. 그리고 아이들도 공부습관으로 연결되지 않았을 것이다. 아이들에게는 늘 이렇게 말해줬다. "결과에 신경 쓰지 말아라. 오늘 공부할 분량 다 했으면 그만이다." 아이들 공부습관 만드는 데에 엄마들의 인내심과 꾸준함도 한몫을 한다는 것을 느꼈다.

아이들의 어린 시절, 엄마가 잘 이끌어만 준다면 대부분 공부습관이 잘 잡혀 공부를 잘할 수 있다. 간혹 엄마들이 거꾸로 하는 경우가 있다. 아이들이 어렸을 땐 책도 안 읽어주고 공부도 잘 도와주지 않다가 중고등학교 때 아이들을 잡는 경우다. 아이들이 어렸을 땐 바로 잡아주고, 중고등학교 땐 자율에 맡겨야 한다. 단 부모의 지속적인 관심과 격려, 그리고 지지는 필수다.

또 한가지 언급하고자 한다. '내가 직접 아이를 가르쳐 봐야겠다.' 이렇게 하지 않았으면 한다. 물론 자녀 공부지도를 잘하시는 분들도 계실 것이다. 난 학습지 교사를 4년 정도 한 적이 있었다. 학습지 교사할 때 교육비를 절약하고자 내 아이들을 직접 가르친 적이 있었다. 작은아이는 이렇게 말했다. "웅진씽크빅이 제일 싫어." 그 이후 아이 공부에 손을 떼고 다른 선생님께 부탁했다. '아이들은 엄마가 가르치는 것을 안 좋아하는구나.' 어린 시절 아이 공부는 중요하다. 엄마는 아이 공부에 어떤 어려움이 있는지 잘 살필 필요가 있다. 자녀를 봐주는 선생님들과 늘 소통하면서 아이가 어떤 상태인지 점검해야 한다. 아이를 사랑하는 마음을 담아서 말이다.

작은아이가 초등 5학년때 편지를 소개하겠다.

엄마 안녕하세요. 내일이 벌써 어버이날이네요. 엄마, 저를 키워주셔서 정말 감사합니다. 제가 지금 공부를 잘하는데 이것은 다 엄마께서 끈기 있게 가르쳐 주셔서 그래요. 또 엄마가 주신 어린이날 선물 정말 근사했어요. 또 이제 아발론이라는 좋은 학

원으로 옮겨주셔서 감사합니다. 항상 엄마께 자랑스러운 아들

이 될게요. 사랑해요.

② 공부습관 형성에 쉼이 필요한 이유

연세대 기계공학과에 재학 중인 큰 아이 초등학교 절친이 있

다. 큰 아이 친구는 초등학교 때 공부방에 다녔다. 수학은 그

어머니가 관리하고 나머지 과목은 공부방에서 공부했다. 어머

니의 수학지도 방법은 풀이과정을 토씨 하나 빠뜨리지 않고 푸

는 것이었다.   다른 사교육은 시키지 않았다. 연세대에 들어갈

정도면 초등학교 때부터 힘들게 공부시켰을 것 같지만 그렇지

않았다. 어머니는 그날 공부를 확실하게 했으면 나머지 시간은

자기가 하고 싶은 것을 맘껏 하게 허락했다. 아파트 단지 내에

서 야시장이 가끔씩 열렸다. 우리 아이들은 야시장이 여는 날

은 아예 집에 들어올 생각을 안 했다. 큰 아이 친구도 밤늦게까

지 놀다 밤 12시에 들어간 적도 있다고 했다.   엄마가 허락했다

는 것이다.

공부라는 장기 레이스를 달리기 위해서는 적당히 쉴 땐 쉬어주

고, 놀 땐 놀아주고, 공부할 땐 열심히 공부해야 한다고 생각한

다. 처음부터 빨리 달리면 그때는 잘하는 것처럼 보일지 몰라도

정작 스피드를 내야 할 땐 기운이 빠져 끝까지 잘 달릴 수 없게 된다. 공부 속도 조절도 엄마와 함께 지혜롭게 해야 한다.

독서논술 수업 끝난 후 아이들의 대화를 들었다. "너 오늘 놀 수 있어? 아니 못 놀아. 엄마가 놀지 말고 바로 오래. 선생님, 우리 엄마가요. 이제 금방 밖이 깜깜해지니까 놀지 말래요. 여름에 놀래요."이 말을 들었을 때 난 숨이 막히는 것 같았다. '아니 애들이 지금 놀아야지. 언제 놀라고 하는 거지?' 이해할 수가 없었다. 난 가끔씩 아이 어머니들께 전화로 상담해 드린다. 교육열이 높은 어머니에게는 이 말을 꼭 해드린다. "어머니, 아이들은 공부할 땐 공부하더라도 놀 땐 신나게 놀게 해 주어야 해요." 예전에도 말씀드린 내용이었다. 그런데 벌써 잊으신 걸까? 이런 아이들을 보면 불쌍하고 스트레스를 어디서 풀까 걱정된다.

멀리 사시는 어머니께 문의 온 적이 있었다. 그곳에도 논술이 있을 텐데 왜 이곳까지 보내시냐고 여쭈어 보았다. 아이가 근처 독서논술에 다니게 되면 학교 갔다 와서 풀어져 버릴까 봐 좀 멀리 보내는 거라고 하셨다. '아이가 노는 꼴을 못 보시는구나. 어떻게 맨날 긴장하면서 사나. 힘들겠다.' 엄마들은 자기 기준대로 아이와 충분히 상의하지 않고 쉽게 결정하는 경향이 있는 것 같다. 엄마들이 다 결정해 놓고 '너는 여기서 공부하면 돼.' 라는 식으로 말이다.

카페에 가보면 엄마들이 네댓 명 모여 학습정보를 교류하는 것을 많이 볼 수 있다. 나도 물론 그랬다. 자녀들의 교육문제는 어느 집이나 큰 숙제와도 같다. 엄마들이 모여서 서로 정보 교류하는 것은 중요하다. 하지만 더 중요한 것은 모든 의사 결정은 부모와 자녀가 함께 해야 한다는 것이다. 아이와 충분히 대화를 나눈 후 아이와 함께 학습을 진행한다면 '공부는 재밌는 거구나.' 라고 생각하게 될 것이다. 우리 자라나는 아이들에게 '공부란 즐거운 것' 이 되도록 우리 어른들이 관심을 가질 필요가 있다.

05

타고난 머리보다 후천적
교육이 더 중요한 이유

간혹 엄마들은 공부 잘하는 아이들을 보면 "저
아이는 머리가 있어." 라고 말하는 경우가 있다. 하지만 공부는
머리만 가지고 잘할 수 있는 것은 아니다. 서울대 나온 학생들이
모두 IQ가 높은 것만도 아니다. 공부머리는 타고나는 것보다 후
천적인 무엇인가가 있는 건 분명하다. 후천적 교육이라 함은 아
이가 이 세상에 태어나서 경험하게 되는 모든 교육을 말한다. 여
기에는 인성 교육, 학교 교육, 체험 활동 등이 있을 것이다.

인성 교육을 강조한 칼비테는 '칼비테 자녀교육법'에서 역대
유명인들이 어린 시절, 부모의 지나친 간섭과 욕심 때문에 극
도의 강박 관념에 시달려 타고난 재능을 꽃피우지 못한 사례들
을 언급하고 있다. 후천적 교육에서 가장 선행되어야 할 교육

은 바로 인성 교육이다. 제 아무리 남다른 재능을 타고났다 하더라도 자녀들에게 어떻게 교육시켰느냐에 따라 자녀의 타고난 재능을 100%, 200% 발휘하느냐 아니면 발휘하지 못하느냐가 결정된다.

작은 아이가 초등학교 1학년 때 담임 선생님께서 성적통지표에 이런 글을 남기셨다. '찬주는 퍼즐 등의 공간 개념이 약해요.' 난 어떻게 하면 이 부족한 부분을 보완해 줄까 고민했다. 초등 2학년 때에는 수학점수가 50, 60점대였다. '찬주는 수학이 약하네. 어떻게 도와줄까?' 초등 3학년 때 수학문제 푸는 것을 본 적이 있었다. 한번에 풀 수 있는 것도 일일이 써가면서 풀고 있었다. '찬주는 이렇게 풀어야 이해가 되는구나.' 한번은 모르는 문제를 물어보길래 이렇게 말했다. "엄마도 잘 모르겠는데. 어렵다. 천천히 같이 풀어볼까." 같이 시합도 해 봤다. 그러면 작은 아이가 먼저 풀어버리는 것이었다. "와. 찬주가 먼저 풀었네. 엄마는 아직도 못 풀었는데." 실제로 그랬다. 연극을 한 게 아니었다. 엄마보다 먼저 풀어서 어찌나 자신감 있어하던지. 아이를 지도할 땐 윽박지르면 절대 안 되고 엄마가 좀 못하는 것도 도리어 도움이 되는구나 라는 생각이 들었다.

부모들은 '내 아이는 내가 제일 잘 안다.' 라는 함정에 빠질 수 있다. 자녀를 키우면서 느낀 건 내 자녀를 내가 잘 모른다는 것이다. 아직도 내가 다 안다고 생각하지 말고 자녀를 통해 배우고 있는 중이다라고 생각하면 어떨까. 부모가 자녀를 가르칠 땐 특히 주의해야 한다. 빨리 답이 안 나온다고 다그치거나 한숨짓지 말아야 한다. 무표정, 무시도 금물이다. 아이에게 아무런 도움도 안 되고 도리어 해가 된다. 그래서 부모가 직접 가르치지 않는 것이 좋다는 말이 맞는 것 같다.

난 우리 아이들과 체험 학습도 많이 다녔다. 경복궁, 국립박물관, 경주, 수원화성, 경기도박물관 등 셀 수 없을 정도다. 아이들과 함께 여행하듯이 유적지 등을 둘러보는 게 얼마나 보람되었는지 모른다. 너무 잘한 일이라 생각한다. 하지만 주의해야 할 점이 있다. 엄마들의 지식 욕심이 발동하여 아이들에게 알려주려고 한다는데 있다. 내가 그랬다. 아이들에게 수첩에 꼭 기록을 남기라고 말하면서 공부를 시키려고 했다. 좀 아쉬움으로 남는다. 과학 교실이나 문화센터 무료영어 듣기 등 많은 체험을 다녔다. 우리에게 좋은 추억으로 남게 되어 기쁘다. 아이들에게 얼마나 도움이 되었는지는 몰라도. 이것을 언급하는 이유는 '엄마의 노력이 필요하다' 라는 사실을 알려드리고 싶어서다. 아이들이 이런 체험을 통해 얼마나 지식을 얻었느냐가 중요한 것만은 아니다. 부모와 함께 한 시간들, 밖에 나와 즐긴 시간들로 기억되면 감사한 일이지 않겠는가.

아이들이 어렸을 땐 전업주부였기 때문에 책 읽기 외에 다양한 실험이나 빵 만들기, 식물 키우기, 곤충 키우기 등도 경험시켜 줬다. 과학책이나 역사책을 읽어 주었다면 직접 집에서 해보거나 찾아가 보는 식이었다.

큰 아이 중학교 1학년 시기, 자아 정체성을 찾아주기 위해 리더십 센터에 보낸 적이 있었다. 자신의 꿈도 생각해 볼 수 있는 좋은 기회였다. 작은 아이 초등학교 6학년 겨울방학 땐 친구와 함께 용인외대부고 캠프를 보낸 적이 있었다. 거의 한 달간의 캠프를 통해서 더 성숙해진 모습을 확인할 수 있었다.

용인외대부고 캠프에서 진행했던 작은 아이의 '나의 꿈과 끼'에 대한 글을 소개하겠다.

나의 꿈과 끼

나의 꿈은 아나운서다. 나는 또박또박 말할 수 있고 새로운 소식을 알리는 것이 자신 있다. 내가 아나운서가 되기 위해서는 높은 학력과 경험 등이 필요하다. 13살인 내가 지금 현실적으로 해야 하는 것은 공부를 열심히 하는 것이다. 그래서 중학교 때 좋은 성적을 받아서 한국용인 외고에 입학할 것이다. 내가 용인 외대부고에 가려고 하는 가장 주요한 이유는 미국 대학진학을 위해서다. 워싱턴대학이든 예일대학이든 상관없다. 나는 단지 미국의 교육방식을 경험해 보고 싶다. 한국의 교육방식은 대부분 질문이 없고 딱딱한 분위기 속에서 진행되지만 미국의 수업 방식은 질문이 많고 자유로운 분위기에서 진행되는 강점이 있다. (중략) 아나운서로 일하는 동안 짬짬이 시간을 내어 스페인어를 배우고 불어 중국어 등 세계 여러 나라 언어들을 배울 것이다. 그리고 모은 돈으로 세계여행을 갈 것이다. 저소비 배낭여행이 아니라 고소비여행을 계획하여 항상 호텔로 다니고 먹는 것도 많이 먹을 것이다. 두바이에서도 한밤 머무를 것이다. 이게 나의 최종목표다. 인생을 즐기고 끝낼 것이다.

한 달간 외대부고 캠프에 가 있는 작은아이에게 우리가 메일을 보냈다.

사랑하고 대견스러운 아들 찬주에게

아빠 목소리 기억하니? 아빠한테도 전화해 줘라. 으잉~~ 벌써

3주째네. 시간 빨리 가는구나. 여전히 일정이 바쁘겠지만 그래도 재미있지. 또 나름대로 바쁜 가운데서도 여유를 갖는 법을 배웠을 수도 있고. 지난 2주째 선생님과의 상담내용도 보았고 네가 인문과정을 선택한 것. 최근에 네가 Daily Test에서 계속 만점 맞고 있는 것. 그리고 외대부고 입시 관련 특강소감문 내용도 읽었다. 지금 네가 느끼고 경험하고 선택하고 행동하는 모든 것들 그리고 설령 후회하는 것들이라도 모든 것들에 감사하렴. 시간이 지나면 지금 네가 보내는 현재의 시간들은 매우 의미 있는 시간들로 분명히 기억 될거야 네가 그렇게 만들 거라고 아빠는 믿거든. 그럼 잘 지내렴.

사랑하는 찬주에게

찬주야 사랑한다. 매일 형이랑 지내다 보니 집이 조용하단다. 같이 무한도전 보면서 웃고 떠들었는데. 요즘은 형이 무한도전 재방 보더라. 너처럼 ㅋㅋ 캠프활동 보니 정말 빡빡하더구나. 잘 참고 견디면서 과제도 잘해내고 시험도 잘보고 엄마는 찬주가 잘 해낼 거라고 생각하고 있었단다. 담임선생님이 찬주 칭찬 많이 하시더라. 숙제도 잘해오고 적응도 아주 잘한다고. 매일 테스트도 있던데 찬주가 잘해내고 있어서 엄마는 기쁘단다.

찬주가 과학 분야에 관심이 있다고 하시더라. 이과성향인 것 같다고. 디베이트는 좀 쉽지 않지? 그래도 괜찮아. 좋은 경험과 추억이 되기를 바라고 찬주 인생의 큰 경험되기를 바란다. 공부 넘 열심히 하지 마. 힘드니까.

우린 작은아이를 사춘기 끝무렵인 중학교 3학년 때 3주 동안 미국 동부로 배낭여행을 보냈다. 사춘기 시절 자신과 자기 주변만 보았다면 이제 더 넓은 세상이 있음을 보여주고 싶었다. '더 큰 꿈을 펼쳐 보아라.' 라는 의미로 보내게 됐다. "엄마, 아빠 미국 배낭여행이 큰 경험이 되었어요." 미국 배낭여행 다녀온 소감이다.

부모의 끊임없는 관심과 지지가 얼마나 중요한가를 다시 한번 깨닫게 한다. 이 글을 읽고 있는 모든 독자 여러분들도 소중한 자녀들과 좋은 경험, 좋은 추억 많이 쌓아 가시라고 권해드리고 싶다. 그렇게 한다면 반드시 좋은 결과로 되돌아올 것이라 믿어 의심치 않는다. 타고난 재능이 있으면 더욱 좋겠지만 그렇지 않더라도 부모의 노력으로 충분히 아이의 잠재력을 끌어올릴 수 있다. 평범한 엄마인 제가 아이들을 이렇게 키워낼 수 있었던 것도 꾸준함과 인내심 그리고 노력 덕분이라고 생각한다. 자녀 양육은 평생에 걸친 '자식농사'라고 하지 않는가. 금방 좋은 결실을 맺지는 않는다. 농사도 끊임없이 잡초를 뽑아주어야 하고 적당한 비와 햇볕, 거름이 필요하다. 자식농사도 마찬가지다. 길게 보고, 자라나는 새싹 귀하게 키워내시기를 바란다.

작은아이 초등학교 6학년 때와 중학교 2학년 때 편지를 소개하겠다.

사랑하는 엄마께

엄마의 48번째 생일이네요. 비록 지금 생일선물은 드리지 못하지만 나중에 꼭 드릴게요. 전 항상 엄마께 감사한 마음이 들어요. 특히 이번 외대부고 캠프에 갈 수 있게 해 주신 것이요. 캠프를 의미 없이 보내고 돌아오기보다는 제가 지금보다 더 발전하고 돌아올게요. 그래야 저의 영어실력을 더욱 향상해 시험도 잘 볼 수 있고 나중에 외국에 나갔을 때 유용하게 사용할 수 있으니까요. 그래도 무엇보다 주님을 사랑하는 사람이 될게요. 항상 돈이나 명예보다는 주님을 더 생각하고 주님의 이름을 더 많이 부를게요. 그리고 엄마 좀 있으면 50세 이시니까 항상 건강하게 생활했으면 좋겠어요. 지금 병들을 못 고치면 나중에도 못 고칠 수도 있으니까요. 그러니까 엄마는 항상 건강하시고 저는 항상 열심히 성실하게 생활하고 주님만 바라보는 하나님의 그리스도인이 될게요.

엄마에게

안녕하세요. 저는 찬주예요. 요즘 저 때문에 학원 알아보고 공부에 신경 써 주셔서 감사해요. 그리고 앞으로 엄마가 걱정하지 않도록 열심히 공부할게요. 스마트폰 사주셔서 정말 감사해요. 앞으로도 건강하셨으면 정말 좋을 것 같아요.

아빠에게

이번 어버이날 정말로 축하드려요. 절 위해 열심히 일해 주셔서 정말 감사해요. 앞으로도 아빠와 대화할 수 있는 시간이 많아졌으면 좋겠어요. 아빠가 집에 오면 항상 재밌고 행복해서 집에 많이 오면 좋겠어요. (이 당시는 주말부부)

06

아이에게 성취 경험을
자주 주어라

　　큰 아이 초등 1학년 시기, 학교에서 거북선 창
작 경연대회를 개최했다. 우린 좋은 경험이 될 거 같아 출전했
다. 작년, 재작년에 수상한 작품들을 연구하고 분석했다. 거북
선의 형태는 어떻게 할지. 재료는 무엇으로 할지. 전체적으로
구상한 후 문구점에서 재료를 구입했다. 문구점에서 구입한 재
료는 은빛 골판지, 압정, 목공풀 등이었고, 철물점에서 검은색
못 여러 개를 샀다. 우리가 만들 거북선의 전체적인 이미지는
은빛 거북선이었다. 2가지 색(은색, 검은색)으로 통일해서 깔끔하
게 만들기로 했다. 큰 아이와 함께 거북선을 만들면서 많은 이
야기를 나눴다. 힘든 부분도 있었지만 재미있었다. 점점 거북
선의 형상을 닮아가는 모습을 본 큰 아이는 너무 좋아했다. 마

치 자기가 다 완성한 것처럼. 큰 아이 딴에는 상에 욕심이 있었던지 열심히 도왔다. 드디어 발표하는 날, 우리가 학교 대표로 대상을 받았다. 큰 아이는 뛸 듯이 기뻐했다. "엄마, 우리가 1등 이래." "건주야, 그동안 고생했다. 수고 많았어." 그 당시 난 우울증으로 많이 아팠다. 그럼에도 불구하고 대상을 받을 수 있었던 것은 아픈 것을 떨쳐버리려고 애를 썼던 건 아니었을까. 무엇보다 아들을 사랑하는 마음이 컸기 때문인 것 같다. 극적인 1등 경험으로 큰 아이는 자신감을 갖게 됐다. 엄마로서 뿌듯했고 큰 아이도 자랑스러워했다. 얼마 후 2007년 통일염원 전국학생 거북선 창작경연대회'에 학교 대표로 나가게 됐다. 거기서는 금상을 받았다.

큰 아이는 초등학교 3~4학년 2년 동안 영재학급을 다녔다. 영재학급에 다니면서 재미도 있었지만 힘들었다고 했다. '내가 아이에게 너무 많은 것을 요구하고 있는 건 아닌가.' 이런 생각이 들었다. 영재수업이 끝나면 산출물을 내야 했다. "건주야, 이번에는 네가 알아서 한번 해 볼래?" 큰 아이는 생각을 골똘히 하더니 아이디어가 떠올랐다고 했다. 바로 로봇청소기가 주제였다.

큰 아이 초등 3학년 때 일기를 소개하겠다.

산출물 대회

난 영재를 한다. 그런데 이번주 토요일 날은 산출물 발표대회가 있다. 그래서 난 저번주부터 계속 만들어 오고 있다. PPT, 우드락, 보고서가 있는데 난 PPT는 다 했고 보고서는 중간정도 했다. 난 많이 힘들었지만 참아야 했고 계속 진행해야 했다. 바로 내일 모래가 발표 대회 날이지만 난 아직 시간여유가 많다. 지금까지 부모님은 한번도 날 도와준 적이 없다. 나는 내일 모래는 기쁠 것이다. 준비가 끝나기 때문이다. 열심히 한 만큼 최선을 다해 1등은 아니어도 상은 꼭 받을 것이다. 나는 이번 기회에 확실히 성공할 것이다. 큰 성공을 못 해보았기 때문이다. 그리고 이번 산출물 대회의 나의 주제는 내가 만든 로봇청소기다. 난 예전부터 로봇청소기를 해부해 보려고 했는데 그걸 활용해 만들 계획이 있었다. 근데 마침 이번 대회가 있어서 나는 이 주제로 하려고 한다. 처음에는 인체였지만 기발한 상상이 없어서 바꿨다. 게다가 이번에 잘하면 내 상식을 로봇청소기 회사에 연결하여 부자가 될 수가 있다. 하지만 그것은 무리인 것 같다. 하지만 이번에는 꼭 이룰 것이다.

초등 4학년 산출물 대회를 준비할 땐 내가 많이 도와줬다. 적극적으로 도와 상을 받게 해주고 싶었다. 주제는 '발효식품으로 만드는 요구르트'였다. 된장, 고추장, 김치, 간장으로도 시중에 판매되고 있는 떠먹는 요구르트가 만들어질 수 있는지. 상품화가 가능한지. 실험하고 연구했다. 발효식품을 우유에 넣어 요구르트 제조기에서 발효시켜 봤다. 며칠 동안 실험한 후 보고서를 만들었다. PPT도 만들어 학교에서 발표했다. 대회 결과는 대상이었다. 큰 아이가 전화로 반가운 소식을 전했다. "엄마, 선생님이 네가 1등이야. 그랬어." 1등 경험이 아이들의 큰 자산임을 또 한번 느꼈다.

큰 아이는 사춘기 시기 방황했던 적이 있었지만 자기가 1등 한 경험은 또렷이 기억하고 있었다. 리더십 센터에서 만든 소책자에 이런 내용이 있었다. '영재학급 대상 수상은 내 생애 최고의 순간.' 나도 힘들었지만 '아이에게 큰 경험을 안겨 주었구나'라는 생각에 스스로 뿌듯했다.

작은아이가 낸 영재학급 산출물 주제는 '용주(용인주니어 FC) 에이드'이다. 용인주니어 축구클럽 아이들을 대상으로 시음시켜 본 후 설문조사를 받았다. 설문조사를 토대로 산출물을 만들었다. 작은 아이는 초등학교 때 선수반에 속해 있었다. 작은 아이가 산출물을 완성할 땐 아빠의 도움이 컸다. 아빠와 상의한 후 운동선수를 위한 음료를 개발한 것이다. 결과는 3등이었다. 이것 역시 작은 아이에게 큰 경험이 됐다. 아이들이 만족하고 성취감을 맛보았다면 된 거다. 이런 성취 경험이 뒷심이 되어 중고등학교 공부에 큰 도움이 된 것 같다.

난 아이들이 초등 고학년 때 또 한번의 도전을 권했다. 천재교육에서 진행하는 전국해법수학 학력평가(HME) 대회에 나가보자는 거였다. 아이들은 승낙했고 열심히 수학 문제집 심화 단계를 풀었다. 아이들의 수학 실력이 어느 정도 되는지 테스트할 목적보다는 도전해 보라는 의미가 컸다. 어른도 목표가 없으면 건성으로 하지 않는가. 아이들도 마찬가지라고 생각했다. 평소에 수학 문제집 심화 단계를 풀 수도 있겠지만 목표를 두고 공부한다면 더 열심히 할 거라 생각했다. 운이 좋았던지 큰아이는 최우수상으로 용인에서 1등 했고 작은아이는 우수상을 받았다. 아이들도 믿기지 않는 눈치였다. 이런 추억이 아이들의 일생을 좌우할 것이라 확신했다. 이를 위해선 부모의 끊임없는 열정과 끈기, 노력, 인내심이 뒷받침되어야 한다. 부부가 서로 의견이 일치해야 함과 동시에 자녀들도 따라와 주어야 가능한 일이긴 하다. 이 글을 읽고 계신 부모님들도 도전하시길 바란다. 부모의 역할이 얼마나 중요한지 깨닫게 될 것이다.

큰 아이가 초등학교 6학년, 작은 아이가 초등학교 4학년 때 용인외고에서 진행하는 1박 2일 영어캠프를 다녀온 일이 있었다.

그때 쓴 큰 아이의 일기를 소개하겠다.

용인외고 영어캠프

난 이번 토요일에 영어캠프에 갔다. 아주 특별한 영어캠프를 말이다. 친구들과 나의 동생도 같이 갔다. 가격은 놀랍게도 만원 한 장이며 식사 두 끼와 함께 잠도 재워 줬다. 이 캠프는 용인외고의 형, 누나들과 같이 하는 것이었다. 처음에 용인외고가 외국어 고등학교가 아니라 '외' 라는 지역을 따서 용인외고인 줄 알았다. 하지만 아빠의 말씀을 통해서 엄청난 학교라는 것을 알았다. 첫날은 오리엔테이션 및 자기소개부터 했고 다음으로는 시장놀이를 통한 농장설계를 했다. 이번 시장놀이를 통해서 내 꿈인 교사에서 흥정가로 바꿀까 생각 중이다. 완전세일 받고 팔게 하기 위해 내 말투가 우리 조에 필요했다. (중략) 캠프에서 동물을 만들었는데 K5 Hybrid 젖소 남매였고 우리가 제일 잘 만든 것은 내장만 보이는 물고기인 아이스 피쉬였다. 오늘은 동물 만들기와 채점과 퀴즈를 했다. 아이스 피쉬와 나의 영어 실력과 경제 실력 덕분에 우리 조는 1등을 했다. 이번 캠프가 너무 재미 있어서 다음에도 또 오고 싶다.

07

. . . .

부모가 아이와
발을 맞추면 공부가 쉽다

① 늦었다고 생각할 때가 가장 빠른 때다.

큰 아이는 중학교 1학년 때 사춘기가 시작됐다. 초등 6학년까
지도 똘망했던 아이가 흐리멍덩하고 어수선해졌다. 공부도 힘
들어했고 거짓말도 늘었다. 공부량의 문제로 부딪칠 때도 많았
다. 초등 6학년 때까진 학습지를 계속했지만 중학교 올라가서
는 학교 문제집으로 대체했다. 내 생각은 꾸준히 그날 배운 것
을 복습하고 자습서로 예습을 했으면 참 좋겠는데. 그게 그렇
게 안됐다. 어느 정도 컸다고 말도 듣지 않았다. 초등 땐 학습
지가 있어서 꾸준히 학습을 지속할 수 있었다. 중학교 올라와
서는 학습지 만으로는 안될 것 같아서 우선 끊기로 했다. 이젠
자기가 알아서 공부해야 했다. 일반적으로 중학생들은 학원 다

니면서 공부하는 거 같은데 우린 용인 외곽지역에 살아서 마땅한 학원도 없었다. 중학교 올라와 보니 공부를 어떻게 봐줘야 할지 도무지 알 수가 없었다. 수학 심화 문제집과 과목별 자습서 푸는 게 다였다. 영어는 용인시내에 소수 정예로 보낸 적은 있었다. 그렇게 6개월을 보내고 1학년 2학기 중반쯤 되었을 때 우연히 교육서를 보다가 에듀플렉스라는 자기 주도 관리형 독서실을 발견했다. 이런 시스템으로 공부하면 너무 좋겠다는 생각이 들었다. 전 과목을 관리형 독서실에서 공부하고 코칭도 받는 곳이었다. 독서실에 가면 먼저 담당 멘토와 학습 목표와 주간 계획을 세운다. 자리에 앉아 공부하고 공부가 끝나면 점검받고 돌아오는 시스템이었다. 멘토 선생님까지 붙는다 하니 너무 잘됐다는 생각이 들었다. 학원비도 비싼 편이었지만 큰 맘먹고 보냈다. 버스 타고 가야 하는 곳이었지만 큰 아이는 다녀보겠다고 했다. 그렇게 6개월을 다녔다. 큰 아이는 관리형 독서실을 다니면서 자기 주도학습을 배우기를 원했던 것이다. 하지만 그렇게 성적이 향상되지는 않았다. 관리형 독서실은 과목별 수업은 해주지 않기 때문에 수학은 선행할 수가 없었다. 영어만 따로 일반학원을 다니고 관리형 독서실만 다녔다. 큰 아이에게 정말 고맙다는 말을 하고 싶다. 혼자서 6개월 동안

30분 정도 버스 타고 다녔다는 게 기특해서다. 큰 아이 본인도 뭔가 변화가 필요하다고 생각했던 모양이다. 믿음과 신념으로 공부했던 것 같다. 부모의 권유에 흔쾌히 승낙하고 열심히 해보려는 자세가 기특했다. 항상 에듀플렉스 들어가기 전에 포장마차에서 붕어빵과 떡볶이를 먹었다고 했다. 토요일에는 우리가 픽업해줬기 때문에 포장마차 이야기를 하곤 했다. 큰 아이에게 좋은 추억으로 남게 되어 다행스러웠다. 이곳도 우리에게 큰 도움이 되었고 큰 전환점이 되었다고 생각한다. 엄마와 발을 맞추면서 함께 알아보고 테스트 받은 기억들이 아직도 생생하다.

난 용인 외곽에서 계속 살면 안 되겠다고 생각했다. 아이들 교육을 위해 학군 좋은 곳으로 이사해야겠다고 생각했다. 남편에게 아이들을 위해 용인 동백으로 이사 가자고 했다. 아파트가 아니어도 좋다고 했다. 그 당시 살고 있던 용인은 외곽지역으로 약간 시골분위기가 나는 곳이었다. 가정형편이 넉넉지 않은 가정들이 많았다. 그래서 동백으로 이사 간다고 하면 다들 부러워할 정도였다. 용인수지, 분당은 아예 꿈도 꾸지 못할 일이었다. '내가 불편해도 괜찮고, 좋은 것 안 사도 좋다.' '아이들만 교육 잘 시키면 된다.'

꿈에 그리던 용인 동백으로 이사 오게 되었고 큰 아이는 중학교 2학년 초당중학교로 전학했다. 확실히 학군을 옮기다보니 큰 아이도 공부자세가 달라졌다. 영어학원도 동백동에 있는 영어학원으로 옮기게 됐다. 원장님 권유로 수학학원도 알아보게 됐다. 영어학원, 수학학원을 다녀야 해서 관리형 독서실은 그만뒀다. 큰 아이가 중학교 2학년 때 처음으로 수학학원을 알아보게 됐다. 수학 선행이 안 되어 있어서 대형학원에 들어갈 수는 없었다. 수학을 잘해도 수학선행이 안되면 가장 아랫반으로 배치될 수밖에 없었기 때문이다. 일대일 수학학원을 알아보기 시작했다. 여러 차례 수학학원을 옮겨야만 했다. 선행을 너무 안 해서 따라잡기가 쉽지 않았다. 남들 하는 것보다 2배 이상을 공부해야만 했다. 막상 이사 와보니 이곳 아이들은 선행을 많이 하고 있었다. 우리만 아무것도 모르고 넋 놓고 있었던 것이다. 부랴부랴 따라가느라 애를 먹었다. '시작이 반'이라고 큰 아이는 잘하는 아이들을 따라잡기 시작했다.

학원선택할 때나 공부하는 장소를 정할 땐 큰 아이와 상의하고 결정하곤 했다. 내가 알아보는 데로 따라와 주긴 했지만 최종 결정권자는 큰 아이였다. 큰 아이는 집에서 공부하는 것보다는 동네 도서관에서 공부하는 게 더 낫다고 했다. 동네 도서관이 시끄럽다는 소리를 많이 듣긴 했다. 하지만 칸막이 있는 독서실은 답답하다고 하니 독서실로 보낼 수도 없었다. 편한 대로 동네 도서관에서 공부하라고 했다. 고등학교 되면서 칸막이 있는 1인 독서실에 가야겠다고 했다. '아이 의견대로 믿고 놔두면 자기 상황에 맞게 찾아가게 되는구나.' 부모가 이래라저래라 안 해도 자기가 공부할 마음만 있으면 알아서 알아보고 찾아가게 되어있는 것이다. 한번은 잘 아는 선생님이 학원을 소개해 줬는데 "큰 아이와 상의해 보고 알아서 하라고 할게요."라고 말했더니 "이런 학원문제를 어떻게 아이한테 맡겨요? 엄마가 알아서 해야지." 라고 하셨다. 나는 이 말이 이해가 가지 않았다. 공부는 학생이 하는 거지. 엄마가 하는 것이 아니지 않은가. 아이 의견 백퍼센트 믿어야 한다고 생각했다. 가장 좋은 것은 엄마와 발을 맞출 때 가장 좋은 성과를 낼 수 있다. 물론 공부도 쉬워지고 말이다.

② 엄마와 발을 맞추면 인생이 달라진다.

작은 아이 초등학교 때의 꿈은 축구선수였다. 형이 먼저 축구교실에서 취미반으로 다니는 것을 보더니 자기도 보내 달라는 것이었다. 운동신경이 좋은 작은아이는 형과 함께 용인주니어

FC를 다니게 됐다. 작은 아이는 고강도로 운동하기 위해서 주 3~4회 하는 선수반에서 뛰겠다고 했다. 우리는 영어학원만 다녀서 시간여유는 많았다. 작은 아이가 초등 6학년까지 축구를 해서 좋았던 점은 공부를 더 잘하게 되었다는 것이다. 영어실력도 날이 갈수록 좋아졌다. 중학교 올라가서는 "엄마, 내가 중학교 때 공부에 집중할 수 있었던 것은 초등학교 때 실컷 운동했기 때문이에요." 아이들에게 공부보다 쉼이 더욱 중요하다는 것을 보여주는 실제사례다. 그리고 늘 작은아이는 축구로 인해 초등학교 시절 행복한 삶을 살았다고 말했다. 어느 날 선수반 감독님께서 이렇게 말씀하셨다. "어머니, 찬주를 축구선수로 키워보시는 것이 어떻겠어요?" "감독님, 우리는 축구를 취미로 하고 있는 거예요. 꿈으로 생각하지 않아요." 자녀는 부모가 생각하는 데로 따라 가게 마련이다. 부모가 분명히 중심을 잡지 못하면 자녀들도 흔들린다. 작은아이도 축구선수를 해 볼까도 생각했다. 부모인 우리가 그걸 원하지 않았기 때문에 작은 아이도 끝까지 주장하지 않았다. 대신 작은 아이의 꿈을 축구캐스터나 아나운서, 축구선수 주치의로 정해 봤다. 작은 아이는 영어를 좋아했기 때문에 그렇게 한다고 했다. 지금은 대학생인데 축구도 좋아하지만 헬스에 온통 빠져 있다. 아이들은 좋아하는 것이 수시로 바뀌는 모양이다. 분명한 것은 부모가 중심을 잡고 아이를 잘 이끌어주고 수시로 대화해야 한다는 것이다. 아이의 장래문제를 신중하게 생각하지 않고 '좋아하는구나. 시켜볼까.' 이렇게 생각하지 않기를 바란다. 신중하게 생각하지 않는다면 나중에 후회할 수 있다. 그때 같이 선수생활 했던 아이들 중에 축구를 포기한 아이들이 꽤 있다. 축구로 인해 공부도 못 했고 축구로도 성공하지 못한 경우다. 정말 중요한 시기에 부모의 역할이 얼마나 중요한지. 아이와 함께 꿈을 찾기 위해서는 아이와 충분한 대화를 해야 한다.

또 한번 작은 아이에게 큰 전환점이 있었다. 함께 했던 유학원 친구들의 조언이었다. 유학원 친구들이 유학에 대한 지식이 없던 우리에게 미국대학에 대한 정보를 준 것이었다. "찬주야, 이렇게 공부하면 네 인생이 달라져." 친구들의 도움으로 좋은 학원도 찾고 학원 선생님도 만나게 되었다. 이때 작은 아이와 난 열심히 알아봤고 찾아다녔다. 많은 이야기도 나눴다. 부모와 자녀가 발을 맞추면서 알아볼 때 길이 열림을 볼 수 있었다. 작은 아이도 더욱 열심히 공부하게 된 계기도 됐다.

공부에도 적절한
타이밍이 존재한다

우리 집 아이들의 학창기 인생 곡선은 평탄하지 않았다. 큰 아이는 완만한 수평곡선을 유지하다가 중학교 1, 2학년 때 아래로 출렁 내려갔다. 중학교 3학년부터 다시 회복되어 수직곡선으로 계속 올라가게 됐다. 작은 아이는 점차적으로 우상향 하다가 중학 2, 3학년 때 크게 아래로 곤두박질쳤다. 고등학교 올라가면서 우상향으로 올라가는 곡선이 되었다. 우리 인생 곡선도 그렇지 않은가. 평탄하고 완만하게 가는 경우는 거의 드물다. 우상향으로 올라가는 경우도 있고 파도처럼 출렁하는 경우도 있다. 지금은 아이들이 둘 다 대학생이라 여유 있게 말할 수 있지만 중고등학교 땐 그렇지 않았다. 앞에 대학입시라는 큰 관문이 있었기 때문이다.

난 아이들을 키우면서 나만의 신조가 있었다. '너희들이 할 수 있는 만큼 최선을 다해서 해라. 오늘 해야 할 공부는 반드시 하고 결과는 받아들이자.' 이런 마음으로 공부를 시켰고 학원도 알아봤다. 그래서 마음이 조급하지는 않았다. 아이들이 중학교 들어가서는 오히려 간섭을 하지 않았다. 아이들을 믿고 하나님께 맡겼다. 도리어 얼마나 마음이 편했던지. 초등학생 땐 부모 말이 통했다. 하지만 중학교 때는 그게 마음대로 되지 않는다. 작은 아이가 중학교 1학년 첫 시험 준비할 때 공부 어떻게 하고 있느냐고 물어본 적이 있었다. "엄마는 왜 내 공부 가지고 뭐라 그래요?" 그 다음부터는 물어보지도 못했다. '이제 작은 아이도 어린아이가 아니구나. 알아서 한다는 말이구나.' 그때부터 관여하지 않았더니 오히려 더 재미있게 시험 준비를 하는 것이었다. '저렇게 해야 공부가 재밌지. 저게 진짜지.'

우리가 용인 동백으로 이사 온 때가 큰 아이 중학교 2학년 때다. 동백에 있는 영어학원을 다니게 되었고 학원 원장님께서 이런 말씀을 하셨다. "어머니, 건주가 영어, 수학을 잘하면 외고를 준비해 보는 게 어떻겠어요?" 우리는 동아리 같은 생기부 활동을 전혀 해놓은 게 없어서 주저했다. 하지만 목표를 갖는 것도 괜찮을 거 같았다. 큰 아이도 좋다고 했다. 큰 아이는 토요일마다 진행하는 특목고 대비반 입시설명회를 한 달간 듣게 됐다. 이것이 큰 아이에게 '공부타이밍'의 계기가 됐다. 특목고 대비 입시설명회를 듣고 오더니 아이가 달라지는 것이었다. 입시현실에 눈을 뜨게 된 거다. 스스로의 힘으로 상위권에 들어간 건 중학교 3학년 때 처음이었다. 주변에서 잘 될 거야. 자신감을 갖어라. 한들 본인의 성취가 뒷받침되지 않는다면 아무 소용이 없는 것이다. 바로 학교성적이 가장 든든한 성취수단이요. 동기유발이었던 것이다. 이제 공부의 맛을 알게 되어 공부하지 말라고 해도 공부하는 아이가 되었다. 중학교 1, 2학년 내내 중위권이었고 게임만 즐기던 아이가 최상위권으로 오르게 된 것이다.

또 한 번 결정적인 '공부타이밍'이 있었다. 고등학교 선택문제였다. 큰 아이는 집 근처 과학중점고인 초당고등학교를 지원하겠다고 했다. "건주야, 동백고로 가자. 거기가 수능위주로 수업을 해준다고 하더라. 공부 잘하는 애들도 많데." 큰 아이는 자신 없다고 했다. 난 고민 끝에 동백고등학교 옆 영어학원 입시설명회에 가서 원장님께 말씀드렸다. "원장님, 이 학원 다닐 테니 우리 아이 좀 만나주세요." 원장님께서 그러겠다고 하셨다. 집에 와서 큰 아이에게 "건주야, 영어학원 원장님이 널 만나자고 하더라." "뭐라고 나를?" '나를 왜 만나시겠다는 거지?' 자기가 특별한 존재인 듯 생각한 모양이었다. 원장님은 큰 아이와 상담하면서 "너, 초당고등학교에서 1등 할 수 있어?" "아뇨." "그럼 동백고등학교 가." 이렇게 해서 내가 원했던 동백고등학교에 들어가게 된 것이다. 큰 아이는 고등학교 들어가서 정말 열심히 공부했다. 고등학교 1학년 첫 중간고사에서 전교 6등이 되었다. 큰 아이는 중학교 때 공부 안 한 것을 후회하면서 용인외고에 간 선배들처럼 새벽 1~2시까지 공부해야겠다고 마음먹었다. 특목고를 위한 입시설명회, 고등학교 선택문제, 학원, 좋은 선생님 등 이러한 것이 절묘하게 조화를 이루어 큰 아이만의 '공부 타이밍'을 잡았던 것이다. 큰 아이는 고등학교 3년 동안 마인드 컨트롤에도 신경 썼다. 책상 앞에는 자기의 미래의 모습을 액자에 넣어 잘 보이는 곳에 배치해 놓았다.

액자를 소개하겠다.

⟨CEO 이건주 회장⟩

피터지게 공부하는 10대	1. 고등학교 3년 연속내신 2, 3등급이상유지 2. 수능 수학, 과탐 1등급

불타는 20대	1. 서울대 입학
	2. 구글사원으로 채용
지루한 30대	1. 구글 1등사원 당선
	2. 개인사업 시작
	3. 개인자산 100억 달성
희망찬 40대	1. 세계 3대 프랜차이즈 기업 육성
	2. 현존 최고 CEO 등극

큰 아이 아이폰 뒷면에는 이런 글귀를 붙여놓았다.

< 나는 엄마의 꿈이자 아빠의 자랑이다.>

사람마다 기회는 오게 마련이다. 언제인지 아무도 모른다. 준비하는 자에게 기회는 찾아온다. 믿음을 잃지 않고 기다리고 준비하고 있을 때 나에게 딱 맞는 타이밍이 오게 된다. 우리는 그때를 놓치지 말고 꽉 붙잡고 전력 질주하면 되는 것이다. 부모님의 응원과 격려 속에서 자녀들은 꿈을 이룰 것이다.

PART
04

칭찬과 격려가
자기 주도적인
아이로 만든다

01

아이의 실수를 인정하고
보듬어 주라

① 실수하면서 성장한다.

난 결정을 못하고 있는 지인에게 물었다. "결정을 왜 빨리 못하세요?" "네, 실수 안 하려고요" 지인은 완벽주의 성향이다. 그리고 실수도 실력쯤으로 생각한다. '실수 한번 안 해 본 사람이 있나? 실수와 실패를 안 하고 처음부터 완벽하게 하려면 시작을 못 할 텐데.' 라는 생각이 들었다. 그 지인에게 말해 주고 싶다. '실패는 성공의 어머니' 라고. 우리가 알고 있는 에디슨 등의 인물들도 수많은 실패를 거듭한 결과 발명품을 만들어 내지 않았는가. 우리부터 실수와 실패, 그로 인한 좌절을 두려워하지 않았으면 좋겠다.

난 단칸방에서 결혼생활을 시작했다. 살다보니 너무 좁아 다른 집을 구해야만 했다. 급한 마음에 얻은 곳이 언덕 위에 있는 3층 빌라였다. 큰 아이는 돌도 되기 전이었고 둘째 계획도 갖고 있는 상태였다. 전세로 나온 집도 별로 없었고 전에 살던 집보다 넓다는 이유 만으로 덜컥 가계약을 해버린 것이다. 남편이 와서 보더니 괜찮다고 했다. 이사한 후 친정식구들을 초대한 적이 있었다. 큰 언니가 이렇게 말했다. "누가 계약한 거니? 언덕 위의 빌라 3층으로." 내가 결정한 거라고 말했다. 말하면서 얼마나 창피했던지. 우리는 곧 둘째도 생겼고 점점 배도 불러와서 이사한 지 6개월 만에 아파트로 다시 이사해야만 했다. 나의 실수로 망신당하고 고생하고 돈도 버린 꼴이 되었던 것이다. '우리의 인생은 실수의 연속이지 않은가.' 스스로를 위로했다.

부모가 실패에 대처하는 행동과 생각이 자녀에게도 영향을 미친다. 난 자라면서 실수와 실패가 많았다. 그래서 실패가 두렵지 않았다. 실패 후에 배움이 있다는 것을 알고 있었기 때문이다. 실패하더라도 일단 시작해 보는 편이다. 어떤 분들은 시작하기도 전에 이것저것 따지고 고민부터 하는 분들도 계실 것이다. 물론 새로운 일을 시작하기 전에 목표도 세우고 준비도 해야 한다. 하지만 이런 준비가 너무 길어지게 되면 시작도 하기 전에 제 풀에 꺾여 시도조차 못할 수 있다. 너무 빨리 결단을 내려서 일을 그르치는 경우도 있을 것이다. 그런데 그걸 가지고 "신중하게 결정했어야 되는데 왜 급하게 시작했을까?" 이렇게 생각할 필요는 없다고 생각한다. 빨리 받아들이고 '그러면 이제 어떻게 하지?' 하고 일을 해결해 나가면 되는 것이다. 이렇게 하다 보면 실패할 가능성도 점점 줄게 되고 지혜도 생기게 된다. 이러한 힘은 자신을 믿는 데서 나온다. 자신을 못 믿기 때문에 결정 장애도 생기는 것이다.

난 아이들을 키울 때 자유분방하게 키운 케이스다. 할머니, 할아버지들은 애들 위험하다고 멀리 가지 말라고 하거나 노는 것도 안전하게 놀기를 바라신다. 하지만 난 아들만 둘을 키웠기 때문에 그렇게 할 수가 없었다. 더군다나 아이들이 18개월 차이 밖에 안 되다 보니 일일이 챙길 수도 없는 노릇이었다. 그래서 두 명 다 풀어 키우기로 했다. 큰 아이는 돌 때부터 1인 유아 식탁 속에 넣어 혼자 밥 먹도록 했고 작은아이는 누워서 혼자 우유병 잡고 먹게끔 했다. 나도 몸이 안 좋은 상태라 일일이 안아서 먹일 수도 없었다. 큰 아이는 혼자 밥을 먹다가 잠들어 버리곤 했다. 그럼 얼른 안아서 바닥에 눕혔다. 나는 애들한테 매달려 가면서 키우지는 않았다. 놀잇감도 딱히 정해진 게 없었다. 내가 주방에서 일하고 있을 때 큰 아이는 옆에서 프라이팬과 냄비를 가지고 노는 걸 좋아했다. 작은 아이한테는 밀가루 놀이를 많이 시켜 줬다. 한바탕 놀고 밤에 치우면 되기 때문에 그게 더 편했다. 그리고 가장 중요한 것은 아이들 상상력에 더 없이 좋은 기회이기도 했다. 아이들의 놀이로 실수할 기회를 잔뜩 주었던 것이다. 아이들은 다쳐도 보고 깨져도 보고 하면서 크는 거 아닌가. 우리 집 아이들이 공부를 잘했던 것도 이렇게 자유분방하게 키웠기 때문인 거 같다. 엄마가 관여하지 않고 혼자 도전도 해보고 다쳐도 보면서 스스로 터득된 건 아닐까 생각했다.

② 실수에 대한 지적을 삼가야 하는 이유

큰 아이는 어린 시절 음식 먹을 때 흘리기를 잘했다. 어떤 땐 실수로 땅에 떨어뜨린 음식도 주워 먹었다. '아직 어려서 그러는구나.' 생각하고 주의를 주지는 않았다. 작은 아이는 자기 물건을 자주 잃어버리곤 했다. 핸드폰을 마을버스에 놓고 내려 기사 아저씨께 전달받은 경우가 여러 번 있었다. 그렇다고 크게 혼내지는 않았다. 자기 잘못을 알고 있는 아이를 혼내봐야 상처만 줄 것 같은 생각이 들었다. 엄마들이 아이의 실수를 지적하는 이유는 뭘까? 실수를 줄이고 다음에는 실수를 반복하지 않게 하기 위함일 것이다. 하지만 자칫 부모와 자녀 사이에 앙금으로 남을 수 있다. 이런 부분에서도 부모의 지혜가 필요하다. 작은 일로 부모 자녀 간의 유대감에 문제가 생길 수 있기 때문이다. 나는 작은 아이가 초등 고학년이 되었을 때 스마트폰으로 바꾸어 줬다. "이건 절대 잃어버리면 안 된다."라고 이야기해 주었다. 그 후에는 잃어버리지 않았다. 신기했다.

아이들이 하는 실수 중 하나는 수학에서 연산실수를 들 수 있다. 특히 큰 아이는 초등학교 때부터 수학을 잘하는 편이었다. 어려운 문제도 제법 잘 풀었다. 하지만 쉬운 문제를 자주 틀려 왔다. 사칙연산을 요구하는 문제를 풀 때는 꼭 계산실수를 2~3개씩 하는 거였다. 난 너무 답답해서 머리로 암산하지 말고 써 가면서 풀라고 알려줬다. 그렇게 말해도 소용이 없었다. 빨리 풀어버리고 싶은 마음이 컸기 때문에 실수는 계속됐다. 이러한 아이들의 실수는 아이들이 커가면서 점차 사라지긴 했다. '부모들은 너무 걱정하지 않아도 되지 않을까.'라는 생각이 들었다. 엄마가 아이의 실수를 바로잡으려 하거나 혼을 낸다고 해결되는 문제는 아닌 것 같다. 아이의 특성을 받아들이고 믿고 기다려줄 때 아이의 실수는 점차적으로 해결되는 것을 볼 수 있었다.

02

· · · · · · · · · ·

부모는 아이와
가슴높이를 맞추어라

① 너희 자녀를 노엽게 하지 말라

엄마들은 아이를 혼낼 때 어떤 마음으로 혼내는 것일까? 아이를 훈육시키려는 목적인 건지. 엄마의 생활방식과 맞지 않아서인지. 아니면 단순히 화가 나서인지. 생각해 볼 필요가 있다. 혼나고 있는 아이 입장을 고려한다는 것은 중요한 문제이기 때문이다. 아이가 잘못한 일이 있다 하더라도 아이의 감정까지 다치게 해서는 안된다고 생각한다. 진정 아이를 사랑하는 마음이 있다면 조용히 타일러야 할 것이다. 남들이 보는 앞에서 혼나는 건 아이 입장에서 더 비참할 것이다. "너는 태어나지 말았어야 해" 지인 중 한분이 아이에게 이렇게 말하는 걸 들었다. 아무리 말썽을 많이 부린다고 해도 할 말이 있고 하지 말아야 할 말이 있다고 생각한다. 아이에게도 엄마에게도 전혀 도움이 되지 않는다.

우리 아이들이 어린 시절, 지인과 그 어린 자녀들과 함께 지하철을 탄 일이 있었다. 아이들 4명이 모두 어린 상태여서 우리는 정신이 없는 상태였다. 내가 지인 아이들을 잠깐 봐주고 있는 사이에 우리 작은아이가 지하철 문이 열렸을 때 나가 버린 일이 있었다. 다행히 순간 발견하고 빨리 데리고 들어왔다. 그때 지인은 지인 아이들을 혼내기 시작했다. "너 때문에 아줌마가 정신이 없어서 형이 문 밖으로 나갔잖아." 이렇게 아이들을 혼내는 것을 보고 내가 미안할 정도였다. 그리고는 계속 아이들이 장난칠 때마다 혼내는 것이었다. 물론 아이들이 공공장소에서 소란스럽게 하면 못하게 해야 한다. 그런데 내가 무안할 정도로 끊임없이 혼내는 것을 보면서 '어린아이들이 뭘 안다고 계속 혼내나? 집에 가서 조용히 주의를 주면 되지 않을까' 라는 생각이 들었다. 사람이 많은 곳에서 혼나는 아이들을 가끔씩 볼 때면 안타까운 생각이 많이 든다.

아이들을 키울 땐 엄마들의 지혜와 인내심이 많이 필요하다. 아이들의 심리도 잘 알아야 한다. "엄마가 말했는데 왜 또 그러니? 안 그러기로 했잖아." 아무리 이렇게 이야기해도 아이들은 똑같은 잘못을 되풀이한다. 아이들의 심리를 모른다면 아이들과의 전쟁은 끊임없이 일어나게 마련이다. 일부 엄마들은 아이들이 잘못한 행동을 했을 때 '혼나야 한다' 라고 생각하는 것 같다. 이것이 바른 훈육인 것처럼 말이다. 나와 가까운 지인도 이렇게 말했다. "언니. 남자애들은 혼낼 땐 무섭게 혼내야 돼. 언니는 순해서 잘 안 혼낼 것 같아." 독서논술 학부모님도 "선생님. 무섭게 좀 해 주세요." 이런 이야기를 들을 때면 난감하다. '혼낸다고 듣나?' 학부모님께 이렇게 말씀드린다. "어머니 저는 꼬시기 작전을 써요. 아이들을 살살 달래가면서 공부시킵니다."

나는 아이들이 서로 싸우거나 잘못한 일이 있을 땐 그 자리에서 혼내지 않았다. 방 안으로 들어가서 일단 앉히고 싸운 이유를 물었다. 서로 자기 입장에서 말하기 때문에 이번에는 한 명씩 따로 이야기를 들어봤다. 그리고는 타이르고 끝냈다. 혼내야 할 상황이 되면 항상 이런 방식을 썼다. 이렇게 하다 보니 서로 감정도 가라앉혀서 좋고, 나중에는 언제 싸웠냐는 듯이 다시 잘 노는 것이었다. 아이들에게 요구할 것이 있는 경우에는 '꼬시기 작전'을 썼다. 아주 효과적이었다. 아이들과의 관계도 좋아지고 문제도 잘 해결되었다.

아들만 둘이다 보니 늘 집이 정신이 없었다. 하루는 안방에서 아이들이 공놀이를 하다가 천장에 있는 형광등을 와장창 깨뜨린 일이 있었다. 방바닥에는 이부자리를 펴 놓은 상태였다. 아이들도 놀랐던 모양이다. 깨진 유리로 범벅이 된 이불을 걷어내어 종량제 봉투에 담아 버렸다. 아이들이 실수해서 깨뜨린 것을 어쩌겠는가. 아이들은 계속 "죄송해요" 라고 말하는 것이었다. "안 다쳤어. 큰일 날 뻔했네." 나도 힘든 순간이었지만 그냥 넘어가 줬다. 엄마도 사람인데 어찌 화가 나지 않겠는가. 성경말씀에 '아비들아 너희 자녀를 노엽게 하지 말라' 라는 말씀이 있다. 나는 그리스도인이었기 때문에 더더욱 아이들에게 화내지 않았던 것 같다. 화낸다고 해서 해결되는 문제도 아니고 서로 사이만 안 좋아질 수 있겠다는 생각을 했다. 큰 아이는 어린 시절 잘 씻지 않고 양치질도 잘 안해서 힘든 적이 있었다. 그런데 청소년기가 되어서는 매일 양치질을 하는 것이었다. 아이를 키울 땐 마음에 안드는 것도 많고 정해진 규칙대로 해야 할 것 같다고 생각하지만 시간이 지나면 별게 아니구나라고 생각할 때가 많다. '자라는 과정이구나.' 라고 생각하면 모든 것이 문제 되지 않는다. 그때 내가 예민하게 대하지 않길 너무 잘했다는 생각이 들었다.

② 자녀를 사랑한다면 강하게 키워라

친하게 지내는 지인 3~4명과 점심을 먹은 일이 있었다. 가장 친한 지인인 교회 언니는 식사를 마친 후 계속해서 시계를 보면서 안절부절못하는 것이었다. 우리는 무슨 일이 있는지 물어봤다. 아이가 학교 끝날 시간이 다 되어간다는 것이다. 혼자 집에 가서 기다리고 있으라고 하면 되지 않냐고 말했다. 한 번도 그런 적이 없다는 것이었다. 항상 아이가 학교에서 돌아오기 전에 집에 가서 맞아주었다는 것이다. 결국 그 언니는 서둘러 먼저 갔다.

아이들은 집에 왔을 때 엄마가 환하게 맞아주기를 바랄 것이다. 하지만 엄마가 직장맘이거나 볼일이 있어 외출한 경우에는 이렇게 해주고 싶어도 못한다. 우리 집 아이들은 집에 오면 일단 엄마부터 찾았다. 엄마가 없으면 전화부터 했다. "엄마 어디야?" "엄마 곧 갈게. 잠깐 기다려줘" 이렇게 답해주면 안심하고 엄마를 기다렸다.

난 학습지 교사를 4년간 한 적이 있다. 우리 아이들이 초등 2학년, 4학년 때였다. 한참 아이들 돌봐주어야 할 시간에 난 수업을 다녀야만 했다. 돈을 벌어야 했기 때문에 어쩔 수 없었다. 대신 일주일 내내 일하지 않고 주 3일만 일해야겠다고 생각했다. 학습지 수업할 때면 이런 생각이 자주 났다. "애들은 뭐 하고 있을까?" 수업 시작할 때쯤 되면 작은아이로부터 전화가 온다. "엄마 언제 와?" "배고파." "간식 챙겨 놓았으니까 먹고 공부하고 나가 놀아라." 밤 8시경이 되면 작은아이한테 또 전화가 온다. "엄마 언제 와?" "이제 곧 끝나. 바로 갈게" 어떤 날은 수업이 늦게 끝나 밤 9시 반경 도착한 날도 있었다. 집에 도착해 보니 두 아이가 안방 돌침대 위에 나란히 누워있는 것이었다. 배가 너무 고파 기운이 없어 누워 있었다는 것이다. 그럴 때면 가슴이 많이 아팠다. 가방을 내려놓고 주방에 가서 라면을 끓여 밥이랑 먹였다. 남편은 밤 12시경 들어왔기 때문에 아이들을 도와줄 상황도 못 되었다. 아이들을 돌보는 건 언제나 내 몫이었다. 항상 간식을 해놓고 가도 한참 크는 아이들에게는 턱없이 부족했다. 작은 아이 일기장에 쓴 글이 기억에 남는다. '엄마가 빨리 왔으면 좋겠다. 밥 먹고 싶다.' 아이들 생각하면 수업 다니지 못한다. 모든 직장맘들이 그럴 거라고 생각한다. 아이들이 걱정된다고 회사를 안 다닐 수도 없는 일이지 않은가. 아이랑 하루 종일 같이 있다고 도움을 더 주는 것도 아니다. 엄마가 그리울수록 엄마의 사랑이 더 간절해지게 마련일 거라 생각한다. 그리고 엄마가 바쁘면 장점도 있다. 그건 아이들이 자기 할 일을 알아서 한다는 것이다. 외로움도 견디고, 누구 도움 없이 스스로 헤쳐나갈 수 있는 용기도 배우고. 그래서 직장맘들에게 용기와 위로의 말을 전해주고 싶다. 엄마가 없으면 아이들이 자기 할 일을 스스로 하게 된다고. 엄마가 있을 땐 최대한 엄마의 사랑을 듬뿍 주고, 엄마가 없을 땐 자기 할 일을 알아서 할 수 있도록 말이다.

난 환경의 주어짐으로 인해 늘 감사를 드렸다. 아이들 교육에 관련된 일을 하고 있고 돈도 벌고 아이들이 스스로 할 수 있는 능력도 키우게 되어서다. 아이들을 강하게 키우다 보면 나중에 더 큰 힘을 발휘하게 된다. 아이들이 자기 인생을 멋지게 꾸려갈 수 있다. 시련은 오히려 약이 된다. 그래서 작은아이가 미국에서 혼자 공부할 수 있게 된 것 같다. 위에 언급한 교회 언니는 나에게 "애들이 어떻게 그렇게 적응을 잘해?" 난 속으로 말한다. '학교, 학원 픽업하려 애쓰지 말고 집에 엄마가 없으면 큰일 나는 거 아니야.'라고 말이다. 우리 삶은 가시밭길이다. 아이들도 겪어 나가야 한다. 아이들도 인생의 시련을 경험할 수 있도록 하면 어떨까. 너무 애지중지하게 키우면 약한 아이가 될 수도 있다는 것을 명심하길 바란다.

03

· · · · · · · · · ·

결과보다 과정을 중시하는
아이로 키워라

전에 언급한 연세대 기계공학과에 들어간 큰 아이 친구 엄마 이야기를 하겠다. 초등 1학년 첫 시험 보러 간 날 아이가 이렇게 물어보았다고 한다. '엄마, 시험 어떻게 봐야 되요?' 그 엄마는 "반만 맞아 가지고 와." 이렇게 말했다고 한다. "애들이 뭘 알아? 애들은 놀아야 돼" 늘 이런 식이었다. 우리 집 큰 아이와 절친이었기 때문에 난 그 엄마와도 친하게 지냈다. 그러면서 그 엄마의 양육태도를 보게 되었고 많은 것을 느끼게 되었다. 아이를 편안하게 대해 주면서도 공부시킬 땐 제대로 시키는 것이었다. 아이가 좋아하는 컴퓨터 게임도 마음껏 시켜주고 그 나이 또래에 경험할 수 있는 것은 충분히 접해 주기도 했다. 아이의 미래를 길게 내다보면서 키우고 있구나라는 생각이 들었다.

난 초등학교 1학년 등교 첫날이 중요하고 '이제는 학생이다.'라는 생각을 갖게 하는 게 중요하다고 생각했다. 학교 시험이나 받아쓰기가 있으면 공부도 많이 시켰다. 지금 생각해 보면 이렇게까지 시키지 않아도 되지 않았을까 라는 생각이 든다. 아이 교육에 있어서 정답은 없는 것 같다. 나는 큰 아이가 시험 보고 오면 어떻게 보고 왔는지 궁금해했다. 먼저 물어보지는 않았고 아이 표정을 살피곤 했다. 큰 아이가 아무런 이야기도 안 하면 '오늘 시험 못 봤나 보다.' 라고 생각했다. 그리고는 이제 어떻게 준비를 시켜주어야 할까 고심했다. 큰 아이 어린 시절, 함께 친하게 지냈던 큰 아이 친구 엄마는 이렇게 말한 적이 있었다. "언니는 아이들한테 신경 많이 쓴다. 언니, 기억 안 나? 헬스장에 언니가 애들 데려와서 수학 연산시키고 언니는 운동했잖아." '내가 그 정도로 시켰구나.' 그 당시 가장 걱정됐던 것은 아이들에게 공부를 시킨 만큼 결과가 나와 주어야 하는데 그렇지 못했다는 것이다. '큰 아이가 실망하면 어떡하나? 나는 해도 안돼' 라고 생각하면 안 될 텐데.' 하지만 난 큰 아이의 잠재력을 믿었다. '아직 다 성장한 것도 아닌데 결과만 가지고 판단하지 말자. 일단 최선을 다해서 아이들의 공부를 도와

주자. 그리고 결과는 받아들이자.' 그렇게 큰 아이가 중학교 3학년이 될 때까지 기다렸다.

엄마들의 마음은 똑같은지라 나도 잘하는 아이들이 부러웠다. 학교에서나 학원에서나 1, 2등을 다투는 아이들은 여전히 잘하는 것이었다. 우리에게는 해당사항이 없다고 생각했다. 만일 내가 "이걸 성적이라고 받아와. 실수도 실력이야." 이렇게 말했다면 어떻게 되었을까 라는 생각이 들었다. '기다리자. 또 기다리자. 어떻게 뒤집힐지 모르는 일이다.' 라고 생각했다.

중학교에서 잘했던 아이들도 특목고 가서 성적이 많이 떨어지는 경우도 많이 볼 수 있다. 큰 아이 친구 누나는 중학교 때 내신이 잘 나와 특목고에 합격했다. 하지만 깊이 있는 공부를 하지 않아 특목고에서 성적이 떨어지더니 결국 원치 않는 대학에 들어갔다. 중학교 때 성적이 너무 잘 나오니 아이도 엄마도 안심하고 있었던 것이다. 그래서 1등 했다고. 100점 맞았다고 좋아할 일 만은 아닌 것 같다.

'모든 것은 기본에서 시작한다' 를 쓰신 손흥민 아버지 손웅정 씨는 자식들에게 돈을 위해 살지 말고 자기들이 좋아하는 것을 하면서 살라고 가르쳤다고 한다. 손흥민 선수가 축구경기에서 져도 '괜찮다. 다시 시작이다.' 이렇게 말했다고 한다. "너희들이 행복하면 그만이다." 얼마나 멋진 아버지인가. 이런 아버지가 있었기에 최다득골 손흥민 선수가 있었던 것이다. "나처럼 하면 안 된다.""항상 겸손해라. 매사에 감사하라. 성실해라." 이것을 보면서 역시 그 부모님에 그 자녀가 나오는구나 라는 생각이 들었다. 경기에서 우승하면 좋고. 그렇지 못해도 받아들이고. 자녀를 키울 땐 부모님 마인드와 인생관이 정말 중요하다는 생각이 들었다. 부모님이 바뀌지 않는다면 자녀도 바뀌지 않는다. 욕심을 버리고 겸손한 마음으로 환경을 받아들이는 마음 자세를 가질 때 마음도 편하게 되고 결과도 잘 나오게 된다.

큰 아이는 의대 들어갈 때 6년 장학생으로 들어갔다. 학점이 3.2만 넘으면 매학기 장학금을 받을 수 있고 3.7이 넘으면 생활비도 받을 수 있다. 계속 생활비까지 받다가 예과 2학년 2학기 때 생활비를 못 받은 적이 있었다. 큰 아이는 너무 실망한 나머지 침울해 있는 것이었다. "뭐 그런 것 가지고 그러냐, 괜찮아. 어떻게 맨날 그 성적을 유지해. 쉬었다 간다 생각하자. 계속 달리면 금방 지친다." 이렇게 말해줬다. 큰 아이가 이런 마음을 갖고 있어서 고마운 생각이 들었다. '부모님 고생하는 걸 알고 있구나.' 처음에 의대 합격했을 때에도 큰 아이는 "아빠, 그동안 고생 많으셨어요. 이제 제가 벌게요." 이렇게 말한 적이 있었다. 얼마나 고마웠는지. 이 책을 쓰면서 다시 한번 큰 아들에게 고맙다는 말을 하고 싶다.

아이들이 청소년 시기엔 성적 이야기를 많이 하지 않았다. '잘 나오면 좋고, 잘 나오지 못하면 할 수 없고.' 모든 것을 받아들인다는 마인드로 아이들을 대했다. 두 아이 모두 중학교 사춘기 땐 기술가정이나 중국어, 도덕 과목들은 버리는 과목 정도로 생각했던 것 같다. "선생님들에 대한 예의가 아니지 않냐." 답답한 마음에 말을 건네봤다. 작은아이는 중학교 2학년 때 중국어를 19~20점 정도를 받은 일도 있었다. 공부도 때가 있는 것 같다. 작은아이가 미국 고등학교 들어가서는 중국어 시험에서 한번도 100점을 놓친 적이 없다. 남자아이들은 맘만 먹으면 무섭게 치고 올라간다. 큰 아이는 중학 3학년 때, 작은아이는 고등학교 가서 무섭게 성장한 케이스다. 이렇게 될 줄 누가 알았으랴. 그렇기 때문에 끝까지 가봐야 알 수 있는 것이다. 부모는 아이의 성적으로 일희일비하지 않았으면 한다. 부모의 할 일은 끊임없이 아이들을 격려하고 지지하면서 기다려주는데 있다고 본다. 어떻게 하면 우리 자녀들이 행복할 수 있을까를 고민하는 게 더 중요하다. 아이들이 행복하면 자연스럽게 좋은 결과를 얻을 수 있다.

04

. . . .

칭찬과 격려가 자기 주도적인
아이로 만든다

① 자기 주도학습의 의미

부모들과 학생들 사이에서 자기주도학습에 대한 관심은 여전히 높다. 자기주도학습이란 무엇일까? 부모가 생각하는 자기주도학습이란 아이가 남의 도움을 받지 않고 스스로 하는 학습이라고 생각할 것이다. 보통 부모들은 "공부는 알아서 하는 거야. 자기가 목표와 계획을 세워서 스스로 학습을 이끌어 가야지."라고 자녀들에게 말한다. 지인 중 한 분은 아이가 초등학교때 공부 안 해도 성적이 잘 나와서 아이도 엄마도 공부습관에 대해서 신경 쓰지 않았다고 했다. 성적이 좋아 마음을 놓고 있었는데 막상 중고등학교 가서 떨어지게 되었다는 것이다. 이분이 예전에 말씀하시기를 "공부는 자기가 알아서 해야지. 어떻게 공부를 봐 줘요?" 라고 말한 적이 있었다. 이것은 진정한 의미의 자기 주도학습을 모르고 하는 말이다. 아이들이 처음부터 스스로 하는 아이는 없다. 즉 자기주도도 교육이 필요하다는 말이다. 자기 주도학습은 자기주도하에 자기의 학습을 이끌어 간다는 의미다. 여기에는 선생님들과 부모님의 도움을 받으면서 나에게 맞는지? 나에게 어떻게 적용할 것인지? 고민하면서 내 방식대로 소화해야 함을 말한다.

의대에 들어간 큰 아이에게 질문한 적이 있었다.

부모님 : 너에게 자기 주도란 무엇이라고 생각하니?

건주 : 계획을 세워 실천하는 것을 자기 주도라 생각합니다. 계획을 세운다는 것은 하루가 될 수도 있고 한 달이 될 수도 있습니다. 어느 기간이 되었든 자기 능력 내에서 계획을 정해 놓고 계획 실천도를 높여가는 게 자기 주도가 아닐까 싶습니다. 처음 실천은 50%가 되기 힘들기는 합니다. 결국 실천도를 높여가면서 집중력과 자신의 한계를 조금씩 발전시켜야 합니다. 그래서 자기 주도가 중요하고요..

부모님 : 건주는 언제부터 자기 주도학습을 한 것 같아?

건주 : 저는 자기 주도를 고등 3학년 때부터 한 것 같아요. 그 전에는 학원공부와 숙제 위주였어요.

부모님 : 건주가 생각하는 자기 주도와 선생님들이나 부모들이 생각하는 자기 주도는 어떤 차이가 있니?

건주 : 부모님들은 자기 주도가 자리에 앉아있는 시간에 집착할 가능성이 높습니다. 그러나 제일 중요한 건 집중력입니다. 집중력을 키우지 않으면 절대 발전할 수 없습니다. 10시간 공부했다며 자랑하는 학생보다는 6시간 풀 집중을 하는 게 더 도움이 됩니다. 자기주도학습은 이 집중력을 키우는 과정이고요.

큰 아이의 의견을 들으면서 자기 주도학습이 쉽지 않구나 라는 생각이 들었다. '공부를 좀 하는 아이들도 고등학교 3학년 때 비로소 자기 주도학습을 했다고 생각하는구나.' 독서논술에 오는 중학교 1학년 아이가 이렇게 말한 적이 있었다. "선생님, 엄마가요. 자기 주도학습 해야 한데요." 스스로 자기 주도학습이 안된다고 생각하니 이런 말을 하는구나라는 생각이 들었다. "걱정하지 말고 우선 선생님들이 하라는 대로 잘 따라가면 돼." 라고 말해줬다. '언젠가 이 아이도 자기 주도학습을 할 때가 오리라.'

② 자기 주도적인 아이로 키우기

'물고기를 잡아주지 말고, 물고기 잡는 법을 가르쳐라.' 부모들도 잘 아는 말이다. 하지만 여전히 부모들은 자꾸 잊어버리는 것 같다. 하나라도 알려주고 싶어 조바심을 내기 일쑤다. 아이를 자기 주도적인 아이로 키우려면 부모들은 조바심과 욕심을 내려놓을 필요가 있다. 인내심을 갖고 기다려주면서 스스로 찾아갈 수 있도록 팁만 주면 된다. 그럴 때 아이들은 자립심을 갖게 된다. 이렇게 자란 아이들은 성인이 되었을 때 어떤 환경에서든 살아남을 수 있는 힘을 갖게 된다.

큰 아이가 초등학교 2학년 때 담임선생님이 하신 말씀이 기억난다. "건주는 잘하니까 그냥 놔두셔도 될 거 같아요. 옆에서 톡톡 건드려만 주셔요." 담임선생님의 말씀은 부모가 주도해서 끌고 가지 말고 조력자 역할만 하라는 말씀이었다. 여기서 부모는 '조력자 역할'을 어떻게 할 것이냐가 중요하다. 바로 칭찬과 격려, 끊임없는 지지와 응원을 말하는 것이다.

자기 주도를 하게 하려면 가정환경이 정말 중요하다고 생각한다. 우선 부모도 자녀도 마음이 편안해야 한다. 부모는 아이에 대한 기대를 갖되 과해서는 안된다. 믿고 기다려줄 필요가 있다. '이 세상에 그냥 되는 것은 없다. 엄마 아빠가 똑똑하다고.

우리가 잘했으니까 내 자녀도 잘할 것이다.'라고 생각하는 것은 착각일 뿐이다. 부모들은 매사에 자녀들에게 칭찬거리와 격려의 말을 찾아 해 주려고 노력해야 한다. 부정적인 말이 나오지 않도록 주의해야 한다. 긍정으로 무장하여 예쁜 말이 나오도록 노력해야 한다.

방문 학습지 했을 때 어느 초등학생 엄마는 내게 물으셨다. "이렇게 자녀들에게 투자하는데 왜 안 되는 거예요?"'이제 초등학생인데 벌써 좋은 결과를 원하시다니'라는 생각이 들었다. '자녀교육은 마라톤 경주인데 어머니는 너무 조급하시구나.'

교회 지인들과 대화 중에 자녀 이야기가 나온 적이 있었다. 한 지인은 자녀가 대학생인데 너무 늦게 자서 걱정이라고 하셨다. 아들에게 늦게 자면 건강에 안 좋다고 말했다는 것이다. "요즘 애들은 다 그래요. 그냥 간섭하지 마세요. 좋은 말도 계속 들으면 싫어져요. 필요한 말 있으면 가끔씩 짧게 말하는 게 낫더라고요."라고 말해줬다. 자녀를 올바른 길로 이끌려고 하는 말이 자녀들에게는 잔소리로 들릴 수 있다. 굳이 말 안 해도 아이들은 다 알고 있다. 만일 시어머니가 며느리에게 "이렇게 해라. 저렇게 해라" 말씀하시면 누가 좋겠는가. 우리도 다 알고 있는데 자꾸 얘기하면 듣기 싫지 않은가. 나중에는 시어머니도 싫어지게 된다. 아이들도 마찬가지일 거라 생각한다. 부모들이 잔소리가 많아지면 아이들은 집에 가기 싫고 부모와 말하기도 싫어질 수 있다. 부모들이 말하면 아이들이 교정될 거라 생각하지만 실은 그렇지 않다. 여하튼 우리 방식을 고집하면 안된다고 생각한다.

작은 아이가 다니는 관리형 독서실에 큰 아이를 데려간 적이 있었다. 고등학교 2학년이라서 일반 독서실보다는 관리형 독서실이 낫지 않을까 싶어서였다. 큰 아이는 한번 둘러보고 커리큘럼을 보더니 "스케줄이 빡빡하네. 힘들겠다. 저는 아니에요."하는 것이었다. "그래. 알았어." 자기한테는 맞지 않다고 생각했던 모양이었다. 큰 아이가 말하기를 고등학교 가면 중학교 때보다 아이들이 더 공부하긴 한다고 했다. 평소 안 했던 아이들도 발등에 불이 떨어져 열심히 한다고 한다. 대학진학과 사회생활에 대해서도 고민이 많다고 했다. 그래서 자신만의 공부방법을 빨리 찾는 게 중요하다는 것이다. 부모가 생각하기에 아무리 좋은 선생님, 좋은 학원이 있다 해도 아이의 의견을 듣는 게 먼저라고 생각한다. 나는 큰 아이 의견에 100% 공감했다. "너에게 맞는 곳을 찾아라. 한번 잘해보자." 라고 격려해 줬다.

대학진학을 앞두고 있으면 부모나 자녀나 조급해지게 마련이다. 하지만 조급한 모습을 자녀에게 보이면 안 되겠다는 생각을 했다. 먼저 부모가 편안하고 긍정적인 마음을 갖는 것이 중요하다. 부모 먼저 수양하는 마음을 갖도록 해야 한다. 나 같은 경우에는 그리스도인이었기 때문에 늘 기도한 것이 큰 힘이 되었다. 어떤 때는 아이와 함께 하기도 했다. 큰 아이도 최대한 교회를 빠지지 않으려 노력했다. 믿음이 있으면 어떤 상황에서도 행복해지게 된다. 부모가 행복하면 아이도 부모님의 모습을 보면서 자기 할 일을 열심히 하게 된다. 또한 부모가 열심히 사는 모습을 보면서 아이들도 보고 배우게 된다.

큰 아이가 고등학교 때 시험성적을 알려주면 늘 격려해 줬다. 겸손한 마음과 감사하는 마음을 갖는 것도 잊지 말라고 했다. 그럴 때 아이들이 자기 주도적으로 자기 할 일을 이끌어가는 것을 볼 수 있었다. 작은 성취라도 이루었으면 칭찬과 격려를 아끼지 말아야 한다. 칭찬과 격려는 아이들이 큰 꿈과 희망을 갖게 해주는 원동력이 되기 때문이다.

독서논술에서 초등학교 5학년 남자아이를 수업한 적이 있었다. 어머니께서는 큰 아이를 신경 쓰느라 작은 아이를 신경 쓰지 못해 모든 부분에 있어서 부족하다고 말씀하셨다. 실제로 수업해 보니 어휘와 글쓰기가 많이 부족했다. 하지만 아이는 성실했고 숙제도 잘해왔다. 난 아이에게 큰 소리로 말해줬다. "넌 성장가능성이 크다." "제가요." 아이는 놀란 눈치였다. "그래, 이제부터 시작이다. 열심히 해보자. 늦지 않았다." 아이는 환한 표정으로 더 열심히 하는 것이었다. 아이들에게 선생님, 그리고 부모님의 한마디가 얼마나 중요한지. 새삼 느꼈다. 수업한지 6개월 정도 되는 아이들에게도 이렇게 말해줬다. "너 많이 좋아졌다. 그전보다 책도 더 많이 읽게 되지 않니? 잘하고 있다." 그랬더니 으쓱해 하는 것이었다. '아이들은 참 순수하다. 작은 칭찬에도 이렇게 좋아하다니.' 진실한 사랑으로 칭찬하고 격려해 주면 누구나 성장해 나갈 수 있겠구나 라는 생각이 들었다.

'많은 학생들이 자기 주도가 안되는 이유' 에 대해 서울대 교육학과 신종호 교수님께서 말씀하신 기사를 읽은 적이 있다. '공부는 생각을 요구하며 인내를 요구하는 작업이다.' 이렇게 힘든 공부를 해내려면 먼저 내가 왜 공부해야 하는지를 알아야 하며 이를 위해 노력하는 과정을 통해 성취감을 얻게 된다는 것이다. 이 성취감은 다시 공부에 대한 흥미로 연결되면서 자기주도가 된다고 한다. 아이가 자기 주도학습을 하는 데에 부모의 불안과 조바심은 방해요소만 될 뿐이라고 말씀하셨다. 부모는 아이가 자신의 꿈을 찾아가도록 옆에서 응원하고 지지해 주어야 한다.

나를 포함하여 모든 부모님, 선생님들은 우리의 자녀가 자신의 꿈을 향해 나아갈 때 응원과 격려를 아끼지 말아야 하겠다.

05

. . . .

아이를 통제하기보다
소통을 먼저 하라

① 통제보다 소통이 먼저다.

자녀들 핸드폰 사용으로 인한 갈등은 어느 집이나 있을 것이
다. 우리 집도 예외는 아니었다. 큰 아이 경우 중학교 때까지는
폴더폰을 사용하게 했다. 스마트폰을 쓰고 싶어 할 땐 내 것을
빌려줬다. 고등학교 올라가면서 스마트폰을 사줬다. 걱정되기
는 했다. 하지만 아이를 한번 믿어보기로 했다. 처음에는 너
무 좋아하면서 잘 사용했다. 그런데 점차 핸드폰이 공부에 방
해가 된다는 생각이 들었던 모양이었다. 고등학교 3학년이 되
면서 폴더폰으로 다시 바꿔야겠다는 것이다. 예상치 못한 일이
었다. 요즘에는 스마트폰이 없는 아이들이 없을 것이다. 게임
과 스마트폰에 빠져 지내는 게 가장 문제가 되어서 부모들이

걱정이 많은 건 사실이다. 우리조차 한번 핸드폰을 잡으면 1시간이 훌쩍 지나가지 않는가. 핸드폰 문제도 갈등 없이 대화로 잘 풀어가야 할 것이다. 일방적으로 통제하려 하지 말고 아이와 진솔한 대화를 통해 해결해 나가야 할 것이다.

작은아이는 중학교 들어가면서 스마트폰을 사줬다. 스마트폰 가지고 싸우고 싶지 않았다. 스마트폰 사주지 않는다고 해서 아이들이 안 하는 것도 아니다. 하고 싶으면 어떤 방법으로든 하게 마련이다. 부모가 통제한다고 해결되는 문제는 아니라고 생각했다.

작은 아이 친구는 밤늦도록 게임하고 그 다음 날 학교에 지각하는 일이 자주 있었다고 했다. 그래서 그 집 엄마는 아예 컴퓨터 연결선을 직장 갈 때 가져갔다는 것이다. 이렇게 하다 보니 아이와 더 싸우게 되었다고 했다. 자칫 이렇게 일방적으로 엄마가 통제하게 되면 아이가 더 반항하는 악순환이 생기게 된다.

친하게 지내는 언니 한 분은 고등학생 아들이 핸드폰을 너무 자주 해서 싫다고 말씀하시곤 했다. 언니는 아이가 공부할 때 가끔씩 감시한다고 했다. 나에게도 이렇게 말씀하신 적이 있었다. "찬주 몰래 핸드폰 검사해 보는 게 어때?" 작은 아이가 한참 사춘기로 힘든 시기였기 때문에 나를 위해서 해줬던 말이었다. 하지만 난 단호히 거절했다. 그건 아이의 사생활이고 부모가 안다고 해서 무슨 도움이 되겠는가. 부모 마음에 안 들면 화부터 낼 것이고 통제한다고 해서 통제되는 일도 아닌 것이다. 아예 부모가 관심을 두지 않는 게 서로를 위해서 좋은 일이라고 생각했다. 모르는 게 약이라고 하지 않는가. 부모 자녀 간에 관계만 나빠지고 자녀는 더 마음 문을 닫을 것이고 결과는 뻔한 일이다.

큰 아이가 고등학교 1학년 때 6개월가량 여자친구를 사귄 일이 있었다. 지인을 통해 이 사실을 알게 되었다. 큰 아이와 이야기를 해보니 깊은 관계는 아니고 가볍게 사귀는 정도라고 했다. 가끔씩 내게 찾아와 여자친구에 대한 이야기를 하곤 했다. 어느 날 큰 아이는 여자친구와 헤어졌다는 이야기를 했다. 여자친구를 만나다 보니 자꾸 생각나고 공부도 안된다는 것이다. 그래서 헤어지기로 했다는 것이다. 난 괜찮냐고 물어봤다. 지금은 공부할 때라서 공부에 전념하고 싶다고 했다. 처음에 아들이 여자친구가 있다는 말을 들었을 땐 좀 걱정됐다. '한참 공부해야 할 나이에 여자친구가 생겨서 어쩌나.' 큰 아이가 여자친구에 대한 이야기를 터놓고 말해줘서 고마웠다. 그리고 잘 해결하는 모습을 보면서 대견했다. 처음 겪어보는 자녀의 이성

문제도 잘 해결되어서 다행이라고 생각했다.

큰 아이는 경북대 의대생으로 대구에서 자취한다. 자취하는 큰 아이에게 가장 걱정되었던 건 건강관리다. 집에 오면 좋은 음식 해주고 싶은 건 엄마들의 마음 아니겠는가. 한번은 내가 외출하고 돌아온 날 큰 아이는 라면을 끓여 먹고 있었다. 라면 국물까지 전부 먹고 있길래 잔소리를 한 적이 있었다. "라면 국물이 얼마나 몸에 안 좋은데 그만 먹고 버려라." 큰 아이는 좀 화난 말투로 이렇게 말했다. "엄마를 위해서 국물 버리는 거예요. 만일 엄마가 공부 가지고 그랬으면 저 공부 안 했어요." 얼마나 뜨끔했는지. 미안한 마음이 들었다. '먹는 것 가지고 잔소리를 했구나.' 이런 일이 있고 난 후 큰 아이는 엄마 마음을 알았는지 건강관리에도 신경 썼다. 엄마들은 무심결에 이렇게 해라. 저렇게 해라. 잔소리가 나온다. 아무리 좋은 말도 자꾸 들으면 짜증이 날 것이다. 건강도 좋지만 서로의 관계가 소원해지는 게 더 문제일 거라는 생각이 들었다.

② 소통하면 길이 보인다.

'금쪽상담소' TV 프로그램에서 오은영 박사님은 부모의 역할이란 아이가 자립하고 독립할 수 있도록 도와주는 것이라고 했다. 자녀를 사랑한다는 이유로 부모의 틀 안에 가두어 둔다면 자녀가 성장했을 때 성인으로서의 삶을 살아가기 힘들다고 하셨다. 부모가 옳다고 생각하는 방식대로 자녀를 이끈다면 자녀의 일생이 불행해질 수도 있다. 아이도 하나의 인격체이기 때문에 스스로 판단할 나이가 되면 스스로 결정할 수 있도록 도와줘야 한다.

큰 아이가 고등학교 2학년 때의 일이다. 집 근처 영어학원에서 진행하는 윈터스쿨에 가고 싶다는 것이었다. 그래서 큰 아이와 함께 윈터스쿨 커리큘럼과 담당 선생님을 살펴봤다. 시간을 두고 다른 학원도 알아보기로 했다. 어느 날 주변 지인을 통해 분당 쪽 학원을 추천받게 되었다. 그래서 큰 아이와 함께 분당에 있는 학원을 찾아가게 되었다. 상담하는 내내 큰 아이가 더 관심을 갖고 여러 가지를 질문하는 것이었다. 3군데 정도 학원을 알아본 후 등록을 해야겠다고 말하니 큰 아이는 일단 집으로 가자는 것이었다. 하루정도 생각해 보고 내일 등록해도 늦지 않다는 것이다. 다음날 큰 아이는 "엄마. 등록해요." 이렇게 말하는 것을 듣고 '나름대로 생각을 많이 했구나. 학원비랑 담당선생님들도 알아보았네. 역시 고등학생이라 다르구나. 부모가 도와줄 수 있는 것이 있고, 스스로 결정해야 하는 부분도 있구나.' 라는 것을 느꼈다.

큰 아이가 고등학교 3학년 때 이런 말을 했다. "엄마, 대치동 학원가 카페에 엄마들이 엄청 많아요. 엄마들이 채점하고 문제 내고 그래요. 깜짝 놀랐어요." 난 큰 아이에게 말했다. "엄마는 그런 거 못해." 대학입시를 눈앞에 두면 모든 엄마들은 불안할 수밖에 없을 것이다. 자녀들을 명문대에 보내기 위해 갖은 노력을 다하는 모습을 보면서 대한민국 엄마들 대단하구나 라는 생각이 들었다.

큰 아이가 고등학교 3학년땐 정말 열심히 공부했다고 한다. '밥 먹는 시간 빼고 공부만 했다고 하니 얼마나 고생했을까.' 자기 딴에는 서울대, 연대, 고대 정도는 갈수 있을 거라고 생각했던 모양이었다. 그런데 결과는 한양대도 떨어지고 인하대나 경희대에 지원할 수밖에 없었다. 결국 경희대 기계공학과에 등록을 해놓고 재수할 것이냐를 놓고 고민하기 시작했다. 한 달간 고민 끝에 재수하기로 결정하고 3월부터 재수학원을 다니게 된 것이다. "건주야, 고 3때 정말 열심히 했는데 아쉽지. 엄마도 1년 재수하면 좋을 것 같다." 우리는 경희대 기계공학과에 등록을 해놓고 재수하기로 했다. 그게 재수하면서 마음이 더 편할 거 같았다. 지금 생각해도 너무 잘한 결정이라고 생각한다. '재수, 삼수하는 아이들이 얼마나 마음고생이 많을까. 심적 부담이 얼마나 클까.' 큰 아이에게 이렇게 말해줬다. "부담 갖지 말고 1년만 고생해라. 고생은 사서도 한다고 하지 않니. 너의 일생에서 큰 경험이 될 거야. 이겨내는 법도 배우고 말이야. 안 되면 경희대 가면 되지." 아이들에게도 생각할 시간이 필요하다고 본다. 부모의 욕심으로 끌고 갈 수도 없는 일이기 때문이다. 1년 동안 나도 그렇고 큰 아이도 큰 경험이 됐다. 대학 한 학기 등록금 정도는 아깝지 않았다.

다행히 경북대 의대에 합격하게 되어 너무 기뻤다. 기쁨도 잠시 의대 들어가서도 공부의 연속. 고 3 수준으로 공부해야 버틸 수 있는 정도였다. 하지만 큰 아이가 잘 버텨줘서 고마울 따름이다. 주변 지인들이 꼭 물어보는 게 있다. "의대에서 어느 과를 지원할 거래요?" 아니면 "○○ 과로 가라고 해요." '내 인생도 아닌데 어떻게 이렇게 해라. 마라. 할 수가 있나? 본인이 공부하는 것이고 자기 인생인데.' 이것은 부모가 말할 수 있는 부분이 아니라고 생각한다. 이제는 전적으로 자기 인생인 것이다. 자녀는 나의 소유물이 아니다. 자기 인생은 스스로 선택하고 결정하면서 헤쳐 나가야 한다. 부모는 다만 지켜보면서 기도해 주기만 하면 된다고 생각한다.

큰 아이가 재수하는 동안 내가 보낸 편지를 소개하겠다.

사랑하는 큰 아들 건주

힘든 시기를 잘 통과하고 있는 건주가 대견하구나. 그만큼 더 성숙해진 것 같아 보인다. 이제 얼마 안 남았으니 조금만 더 힘 내고. 올 한 해 건주와 매일 통화한 것이 엄마에게는 큰 추억이 될 것 같구나. 전화해줘서 고맙고 행복했다. 건주가 애쓴 만큼 결과가 잘 나올 거라 생각한다. 끝까지 건주가 건강하기를 바라고 늘 기도하는 건주가 되기를 바란다. 주님이 함께하시니 다만 감사할 따름이다. 화이팅.

06

부모의 칭찬이 아이를
춤추게 한다

독서논술하고 있는 아이 어머니들께 가끔씩 문자를 드린다. "어머니, 아이가 책 잘 읽어올 수 있도록 해주세요." 어느 어머니는 이렇게 말씀하셨다. "우리 애가 읽었다고는 하는데 제대로 읽었는지는 모르겠어요. 대충 읽는 것 같더라고요." 그 어머니께서 처음 상담 오셨을 때 아이와 이야기하는 걸 들었다. "이번에 시험 잘 봤어?" "네, 이번에 수학 95점 맞았어요." "와 잘했네." 난 바로 이렇게 말해줬다. 그런데 어머니께서는 이렇게 말씀하셨다. "그거 가지고." 아이는 좀 속상해하는 눈치였다. 아이가 그렇게 말하는 데는 인정받고 싶어서일 거다. 하지만 어머니는 아무 말씀도 안하셨다. '아이가 얼마나 서운할까?' 아이들은 칭찬을 먹고 자란다. 인정욕구는 사람의 본능적인 욕구다. 새로 시작하는 논술 선생님 앞이니 얼마나 칭찬받고 싶었을까? "우리 아들 이번에 시험 잘 봤네." 이렇게 말해주면 얼마나 좋았을까. 아쉬움이 남았다. 이런 작은 일들이 모이고 모여 아이의 자신감 형성과 자존감에 영향을 줄 수 있다. 아이들은 '나 좀 괜찮은데.' 으쓱하게 해 줄 필요가 있다. 주변에서 어떻게 생각하고 말해주느냐에 따라 그런 사람이 된다는 사실을 잊지 말아야 하겠다.

사람들은 왜 칭찬에 인색한 것일까? 자기 기대 수준이 높거나 요구가 많은 경우가 아닐까? 욕심이 많거나 감사한 마음이 부족해서 그런 건 아닐까? 대인관계에 있어서도 마찬가지다. 데일카네기는 '인간관계론'에서 상대를 변화시키려면 칭찬하라고 말했다. 부모는 자녀를 보면 지적부터 하려고 든다. "너는 이게 문제야. 쯧쯧쯧" 나도 그런 때가 없다고 말할 수 없다. 사람이 화가 나면 칭찬의 말이 잘 나오지를 않는다. 자녀를 키우면서 얼마나 힘든 일이 많겠는가. 그래서 우리는 칭찬의 말도 훈련을 해야 한다고 생각한다. 조금 쑥스러워도 칭찬과 격려의 말, 감사의 말을 적극적으로 할 필요가 있다. 난 자녀 교육서를 많이 읽어서 그런지 아이들 키울 때 화가 나면 일단 스스로 진정부터 하는 편이었다. 좀 차분해지면 아이들을 불러놓고 이성적으로 대했다. 감정을 잘 다스리면서 아이들을 대하면 말도 좋게 나온다. 자초지종을 들어본 후 타이르면서 대화로 풀어가려 노력했다.

큰 아이는 재수할 때 학원 끝나고 숙소 갈 때 항상 우리한테 전화했다. 통화가 끝날 때쯤 이렇게 말해줬다. "전화 줘서 고마워." 대학 들어가서 우리한테 전화 줄 때도 이 멘트는 잊지 않았다. 고맙다고 하니 아들이 더 자주 전화했다. "부모님께 자주 전화해라" 라고 말하는 것보다 훨씬 낫다는 생각이 들었다.

작은 아이가 대학 진학 준비할 때 가끔씩 말한 게 있다. "엄마는 내가 미국 몇 위 대학 들어갔으면 좋겠어요? 50위? 아니면 100위?" "엄마는 상관없어. 네가 대학 들어가서 교회 다니는 게 더 중요해. 교회 가까운 대학으로 갔으면 좋겠다." "엄마, 만일 50위 대학에 합격했는데 교회가 없는 경우와 100위 대학인데 교회가 있는 경우 중에서 어디가 좋겠어요?" "엄마는 100위 대학에 교회 있는 곳으로 갔으면 좋겠는데." 나는 처음부터 미국 보낼 때 적어도 영어는 되지 않겠나 라는 생각이었다. 그래서 학교는 크게 문제 되지 않았다. 엄마의 진심을 알았던지 작은아이는 큰 부담 없이 공부에 전념했다. 부모가 욕심 없이 아이를 믿고 격려하면 아이는 열심히 하게 된다. 작은아이가 부담되지 않도록 이렇게 말해줬다. "괜찮다. 열심히 해 줘서 고맙다. 잘하고 있다." 자녀교육에 있어서 매사에 감사하고 욕심을 내려놓는 게 얼마나 중요한지 다시금 깨닫게 됐다. 자녀와의 관계뿐만 아니라 부부관계, 사회생활에 있어서도 마찬가지다. 상대방의 마음을 얻기 위해서는 칭찬과 격려의 말은 정말 중요하다.

난 교회에서 한 성도와 함께 일한 적이 있었다. 어느 날 이 분이 이렇게 말했다. "생각보다 일을 잘하시더라고요." 이 말이 칭찬인 건지? 평가인 건지? 아리송했다. 상대방은 칭찬한다고 한 것 같은데 나는 칭찬으로 들리지 않았다. '그럼 원래는 일을 잘하지 못할 거라고 생각했다는 건가?' 무심코 던진 한마디, 표정 하나가 상대방에게 큰 상처를 줄 수도 있겠다는 생각이 들었다. 칭찬하거나 격려의 말을 할 때는 진정성이 제일 중요한 것 같다. 우리 자녀들에게도 먼저 지적부터 할 것이 아니라 칭찬부터 하기를 배워야 하겠다. 우리 존재가 바뀌어야 그런 행동과 말도 나온다고 생각한다. 나부터 내 존재를 칭찬하고 격려해 보는 것은 어떨까?

07

. . . .

사춘기는 무조건
대화로 극복하라

청소년 시기는 전두엽이 변화되고 두뇌가 발달하는 시기다. 충동조절이 잘 안되고 결정능력도 약한 시기다. 부모와 청소년은 청소년 시기의 특징을 명확히 인식할 필요가 있다. 그렇지 않을 경우 부모와 자녀 사이에 충돌이 불가피해지기 쉽다. "우리 아이가 전에는 이렇지 않았어요. 얼마나 착했는데요. 저에게 와서 이야기도 잘했어요." 부모들에게서 이런 이야기를 자주 듣는다. 나도 이 책을 쓰면서 청소년기의 특징에 대해서 제대로 알게 됐다. 말로만 들었던 중 2병의 실체를 알게 된 것이다. 아이들이 짜증 섞인 말투로 엄마들에게 대꾸하게 되면 엄마들은 '뭐가 문제가 있는 거지?' 의아해하게 된다. 엄마도 자녀의 이런 태도로 "너 말버릇이 그게 뭐야. 버릇없이." 하고 대응하게 된다. 우스갯소리로 '그분이 오셨다' 라고 표현하기도 한다.

청소년 아이들의 성장과정을 정확하게 인지한다면 잘 대처할 수 있다. 청소년 아이들조차 자기가 왜 그러는지 모르는 경우가 많다. 사랑하는 엄마에게 대든 후에는 스스로 후회한다. 작은아이는 편지로 자기의 속마음을 전했다. "내 마음은 그렇지 않은데 자꾸 뚝 감정이 나와요. 죄송해요. 내가 표현은 안 하지만 엄마를 진심으로 사랑하는 것만은 알아주세요." 큰 아이도 편지로 마음을 전했다. "우리들이 엄마를 속상하게 하는 일이 많은데 이해해 주세요. 표현은 못해도 엄마를 사랑하고 있다는 것만은 알아주세요."

청소년 아이들은 호르몬의 변화로 몸과 마음이 아픈 환자나 다름없다. 감정변화가 많고 호기심과 유혹도 많다. 자신을 통제하지 못하는 것들 투성이다. 두 아들을 키우면서 너무 힘들었다. 사춘기 땐 이해할 수 없는 일들이 많이 일어난다. 부모들도 당황한다. '부모와 자녀가 사춘기 교육을 미리 받으면 어떨까? 그렇게 한다면 청소년기를 슬기롭게 극복할 수 있지 않을까?'

청소년 자녀에게 지나치게 간섭하거나 통제하지 않기를 바란다. 어른인 나도 간섭받거나 잔소리 들으면 싫다. 청소년들은 오죽하랴. 감정의 변화도 많고 호르몬 조절도 잘 안 되는 아이들에게 이렇게 해라. 저렇게 해라 한다면 반항만 생길 뿐이다. 아이들에게 필요한 건 사랑과 관심, 그리고 자율성이다. 부모가 자꾸 통제하고 억압하면 아이에게 가정은 더 이상 안전지대가 아니다.

'금쪽같은 내새끼'에서 6남매를 키우는 부모와 자녀들의 이야기가 방송된 적이 있었다. 중학교 2학년 남자아이와 부모의 갈등을 보여줬다. 이 가정은 많은 문제가 있어 보였다. 저녁 7시 통금시간을 어겨 2주 동안 외출금지라는 처벌. 아이의 말을 끝까지 듣지 않고 일방적으로 몰아붙이는 엄마. 엄마를 똑바로 쳐다보지 않는다는 강요와 요구. 아이의 굴복이 있어야 끝나는 대화. 가정 내에 많은 규칙. 아이 중심이 아닌 부모 위주의 통제. 가족회의 할 때는 아이들 의견은 듣지 않고 엄마가 일방적으로 말하면서 규칙을 강요하고 있었다. 엄마가 주로 말한 후에 "할 말 있으면 해 봐 지금." 아이들은 아무 말도 못 하고 있었다. 엄마는 아이들을 사랑하기 때문에, 자녀들이 많기 때문에 규칙이 필요했다고 한다. 일관된 규칙을 만들 수밖에 없는 상황도 있어 보였다. 하지만 이 가정은 대화가 진정으로 필요하다고 느껴졌다. 충격적인 것은 금쪽이로 등장하는 아이가 친구들과 카톡한 내용이다. 엄마를 욕하고 '다른 엄마 아빠였으면 좋겠어' 라는 내용이었다. 이것을 알게 된 부모님은 참담한 표정이었다. 어머니는 "내 욕심에 우리 아이들을 망치는 것 같아요."라고 울먹였다. 오박사님으로부터 금쪽처방을 받은 부모님은 달라졌다. 아이들의 의견을 듣고 통금시간도 다시 정하고 함께 규칙을 만들어 가게 된 것이다.

이 프로를 보면서 느낀 것은 부모는 본인의 행동이 아이들에게 어떤 영향을 주는지 모른다는 사실이다. 조금만 입장을 바꾸어 생각한다면 쉽게 해결될 수 있는 문제라고 생각했다. 부모의 원칙과 주장을 조금만 내려놓으면 어떨까 생각해 봤다.

아이들의 사춘기 시절을 겪으면서 많은 생각을 했다. 부모는 먼저 자신을 돌아볼 필요가 있다. 힘든 시기일수록 부모가 먼저 양보를 해야 한다고 생각한다. 그리고 자녀들을 지켜봐 주어야 한다. 때로는 신경 쓰지 않는 척할 필요도 있다. 사사건건 알려고 하지 말고. 보아도 못 본 척하고. 들어도 못 들은 척하고. 아이들은 하고 싶은 건 다하게 되어 있다. 돌이켜보면 나도 잘하지 못했다. 화도 잘 내고 혼도 많이 냈다. 내 마음을 다스려야 한다는 것을 느꼈다.

외출할 땐 아이들이 잘 모이는 집 주변 유흥지점은 피해 다녔다. 우리 아이들의 안 좋은 행동을 보면 어떡하나 걱정돼서였다. 아이들과 좋은 관계를 가지고 싶었기 때문에 이렇게라도 해야 했다.

청소년기 아이들은 어디로 튈지 알 수 없다. 마음이 불안정하고 예민한 시기다. 청소년 아이들에게 가장 필요한 것은 부모의 관심 어린 손길과 대화뿐이다. 아이들의 손을 잡아주고 괜찮다고 말해주자. 나는 너를 여전히 사랑한다고 말해주자. 작은 아이로 인해 힘든 시기를 거쳤지만 아이의 얼굴을 보면 힘든 게 싹 사라지곤 했다. 답답할 때면 아이와 대화로 풀었다. 아이 얼굴을 보면서 대화를 나눌 때면 힘든 것도 사라지고 용서가 되었다.

큰 아이가 중학교 2학년 때 쓴 편지를 소개하겠다.

엄마 안녕하세요. 오늘은 엄마의 생신이에요. 정말로 축하드려요 이 편지가 엄마께 드리는 첫 생신편지인 것 같아요. 앞으로도 많이 써드릴게요. 정말 항상 저희가 잘될 수 있도록 도와주시고 응원해 주시는 엄마가 저희에게는 정말 큰 힘이 돼요. 너무 감사해요. 저희가 엄마의 속을 썩일 때도 있고 기분 나쁘게 할 때가 정말 많은 것 같아요. 이럴 때마다 저희는 엄마께 정말 죄송해요. 안 그러려고 해도 가끔씩은 저도 모르게 툭툭 나오더라고요. 하지만 저희는 엄마를 정말로 사랑한다는 것을 알아주세요. 세상에서 단 한 명뿐이고 정말 예쁘신 엄마와 만났다는 건 정말 큰 행운이라고 생각해요. 항상 감사드려요. 앞으로도 저희와 엄마가 함께하면서 행복했으면 좋겠어요. 항상 건강하시고 행복하게 지내세요. 사랑해요. 엄마

아이들은 사춘기를 보내면서 큰 혼란을 겪는다. 내가 누구인지 찾고 있는 중이며 내 뜻대로 되지 않아 방황할 때도 많다. 나, 친구, 부모님, 진로문제 등 여러 가지의 문제들에 휩싸여 있다. 마음잡을 때도 없다. 그래서 게임이나 친구들에 의존하는 것 같다. 큰 아이는 사춘기 때 게임에 의존했고 작은 아이는 친구들에 의존했다. 부모는 이 시기에 아이들이 바른 길을 갈 수 있도록 도와줘야 한다. 작은 아이는 유독 친구들에 의존을 많이 했다. 그러다 보니 학교에서 문제도 많이 생겼다. 친구들과 어울리는 것에 집착하다 보니 나쁜 것에 쉽게 노출됐다. 친구 집에서 자는 일도 빈번했다. 걱정은 되었지만 놀다 오라고 했다.

친구관계에 대한 이야기를 꺼내면 무척 싫어했다. 공부 안 하는 친구들과 어울리는 것을 좋아할 부모가 누가 있겠는가. 아이들은 친구이야기를 자기 이야기로 동일시한다고 한다. 작은 아이가 상처받지 않도록 조심스럽게 친구들에 대해서 이야기해야만 했다. 나쁜 친구들이 아니어서 다행이라고 생각했다. 공부에 뜻이 없는 친구들도 친구이지 않는가.

우리 아이들과 더 친밀해지기 위해 아이들의 친구들도 자주 초대했다. 내 생각과는 달리 좋은 친구들이 많았다. 부모들은 자녀들이 공부 잘하는 친구들과 사귀기를 원할 것이다. 나도 그랬다. 하지만 아이들은 다양하게 친구들을 사귈 필요가 있다. 운동 잘하는 친구, 공부 잘하는 친구, 연기지망생 친구. 작은 아이 성향은 다양한 친구들을 원했다. 내가 선입견을 갖고 있었던 것이다. 일단 우리 자녀들을 믿고 지켜보는 것이 중요하다. 나는 아이들과 쇼미더머니 TV 프로그램도 같이 즐겨 봤다. 함께 보고 즐기면서 얼마나 친밀해졌던지. 많은 부모님들도 자녀들이 좋아하는 것에 관심을 갖고 함께 시간을 보내기를 추천 드린다.

작은아이가 생각하는 사춘기 시절은 어땠냐고 물어보았다.

엄마 : 찬주는 사춘기 시절 뭐가 제일 힘들었니?

찬주 : 사춘기 때는 자신의 목표의식이 흐려지면서 힘든 시간들을 겪는 것 같아요. 그게 굳이 공부가 아니더라도 자신이 하고 싶은 것이나 평소에 열정을 가지며 했던 것에 대한 목표의식이 점점 사라지면서 사춘기를 극복하는 데에 시간이 걸렸던 것 같아요. 그에 대한 회의감이 사춘기 때 학생들을 의욕상실하게 만드는 것 같기도 하고요.

엄마 : 사춘기를 잘 극복하려면 어떻게 해야 한다고 생각하니?

찬주 : 저 같은 경우에는 미국으로 넘어가면서 새로운 의지가 생겼어요. 타지에 가서 혼자 공부해야 한다는 뚜렷한 도전이 저를 바뀌게 한 것 같아요. 그리고 자신을 발전시켜야겠다는 의지가 강해졌던 것 같아요.

엄마 : 사춘기 자녀를 대하는 부모의 역할은 뭐라고 생각하니?

찬주 : 저희 부모님 같은 경우에는 저한테 믿음을 줬어요. 믿음이라고 해서 거창한 응원의 말보다는 할 수 있다는 부모님 만이 해줄 수 있는 작지만 큰 용기요. 금전적으로나 정신적으로나 부모님은 항상 자신들이 나의 곁을 지키고 있고, 언제든지 도와줄

수 있다는 그 믿음이 중요했던 것 같아요.

작은아이는 여름방학이 되면 서울로 학원을 다녔다. 주말이 되면 집에서 쉬기도 하고 친구들과 놀기도 했다. 주말에 너무 놀아 혼낸 일이 있었다. 그 일로 작은 아이에게 쓴 편지를 소개하겠다.

사랑하는 작은 아들 찬주에게

엄마가 가끔씩 부담 준 거 미안하고 또 엄마말씀 잘 들어줘서 고맙고. 엄마가 욕심 내는 것이 아니라 우리 아들이 걱정돼서 그런 거 알지. 이왕이면 좋은 성적으로 대학 가기 바라고 무난히 졸업하기 원하는 부모마음 이해하지. 취직도 잘 되길 바라고^^. 엄마 아빠들은 다 그런가 봐. 찬주가 어렵게 아카시아우드 가고. 미국 고등학교 가고. 앞으로도 문제없기를 바라기 때문인 거야. 잘 해낼 거라 믿고 응원할게. 하나님을 믿고 찬주를 믿는다. 화이팅.

사춘기 시기를 잘 극복하려면 부모와의 친밀한 대화. 자녀들에 대한 믿음. 조건 없는 사랑이 필요하다. 부모만의 원칙을 내려놓고 자녀들의 이야기를 들어주는 부모로 거듭나기를 바란다. 우리 모두 통제보다는 자율성. 엄격함보다는 유연성. 따가운 시선보다는 부드러운 시선으로 우리 자녀들을 품어주었으면 좋겠다.

08

아빠의 지지가 아이의
반전인생을 만들다

'엄마의 정보력, 아빠의 무관심, 할아버지의
경제력이 대학을 결정한다.'
엄마들이 모이면 우스갯소리로 가끔씩 하는 말이다. 엄마들은
대학입시의 정보를 얻기 위해 입시설명회를 찾는다. 학생들은
혼자 공부하기 어려운 부분을 보충하기 위해 학원을 찾는다.
경제력이 뒷받침되어야 하는 게 현실이다. 그럼 아빠의 무관심
은 어떤 의미일까? 과연 아빠가 무관심하면 좋은 대학에 들어
갈 수 있는 걸까? 그렇지 않다. 자녀들에게 아빠의 위치는 정말
중요하다. 그렇다면 자녀에게 아빠는 어떤 존재가 되어야 하는
걸까? 단연코 엄마 못지않게 아빠의 역할은 중요하다. 일반적
으로 엄마가 아이들의 공부를 책임진다면 아빠는 반대급부로

풀어주는 역할을 해야 한다. 엄마로부터 스트레스를 받는다면 아빠는 그 스트레스를 풀어주는 존재여야 한다는 의미다. 동전의 양면처럼 엄마와 아빠는 아이들에게 필요한 역할이 있는 것이다. 자녀 교육은 밀고 당기기를 잘해야 한다고 생각한다. 계속 밀기만 하면 안 되고 계속 당기기만 해도 안 된다.

지지한다는 것은 무엇일까? 지켜봐 준다. 이해해 준다. 믿어준다. 내 편이 되어준다. 이런 의미가 아닐까. 당장은 아이의 상황과 능력이 부족해도 아이가 하겠다고 하면 밀어주는 게 지지의 참된 의미일 것이다. 여기에는 부모의 인내심이 요구된다. 부모도 참고 견뎌야 하는 것이다. 당장 좋은 결과가 아니어도 앞으로 잘 될 것이라는 믿음을 갖고 기다려야 하는 것이다. 하지만 많은 부모가 지금 아이의 상태만 보는 경향이 있다. '우리 아이는 공부는 아닌거 같아.' 라고 생각할 수 있다. 나와 남편도 그랬다. 섣불리 아이들을 판단하지 않기를 바란다.

간혹 부모들은 아이들을 판단하면서 상처 주는 말을 할 때가 있다. "앞으로 어떻게 하는지 지켜보겠어. 네가 그럼 그렇지. 며칠 못 갈 줄 알았다."

"제가 생각이 있는 거야. 없는 거야. 누굴 닮아 저러나."

"나는 자랄 때 저러지는 않은 것 같은데."

우리 부모들은 실수할 때가 많다. 아이들의 지금 모습이 다가 아니다. 자라는 과정 임을 분명히 알아야 한다. 미리 짐작해 함부로 아이에게 말하면 안된다.

남편은 아이들 어린 시절 잘 놀아 주는 아빠였다. 주말에는 항상 아이들과 놀이공원이나 수영장에 가서 놀아줬다. 아이들이 짜증내고 울 때도 먼저 가서 안아주고 달래주곤 했다. 내 옆에서 자녀 양육에 큰 도움을 줬다. 아이들 어린 시절의 아빠에 대한 기억이 정말 중요하다고 생각한다. 아이들 잠재의식 속에 아빠와의 추억이 고스란히 녹아 있기 때문이다. 아이들 학교공부에도 긍정적인 영향을 준다. "모든 부모들이여, 어린 시절 아이들과 많이 놀아주세요."라고 말하고 싶다. 아빠와의 좋은 추억이 차곡차곡 쌓여 아이들이 힘들 때 다시 일어날 수 있는 힘이 되는 것이다.

자녀들은 커가면서 새로운 환경에 직면하게 된다. 그리고 무수히 많은 결심과 도전. 실패와 좌절을 맛보게 된다. 부모처럼 아이들도 고민과 번민이 있다. 다만, 학교 성적이나 대학입시 결과로 아이의 노력이나 미래를 평가해서는 안된다. 가장 사랑하는 엄마, 아빠한테는 더더욱 그렇다.

아이가 힘들수록 아빠의 역할은 크다. 아빠는 사랑의 감수성으로 아이의 심리를 느낄 수 있어야 한다. 아이가 처음 자전거를 배울 때 뒤에서 따라가며 넘어지면 잡아주는 그런 마음으로.

아이들이 새로운 도전이나 결심을 할 때 왜 주저하는 걸까? 실패 자체보다는 실패로 인해 부모님이 실망하면 어쩌나 고민하는 건 아닐까? '나는 그런 아이 밖에 안되는구나.' 걱정하고 있는지도 모른다. '실패해도 나의 부모님은 날 위로하고 격려하실 거야.'라는 믿음이 없다면 어떤 용기도 낼 수 없을 것이다.

남편은 아이의 마음상태를 감지하려고 노력했다. 아이에게 조심스럽게 접근해서 아빠의 생각과 느낌을 이야기하곤 했다. 남편의 태도는 아이들의 마음을 얻는 데에 효과적이었다. 할 말이 있어도 한번 더 생각해 보고 아이의 상태를 살폈다. 이런 태도는 아이가 아빠를 더욱 친근하게 생각하게 했다.

큰 아이가 고등학교 2학년 땐 서울로 학원을 다녔다. 학원 픽업은 남편이 담당했다. 어떤 경우에는 대리운전을 부르기도 했다. 아들과 이야기를 나누기 위해서였다. 아들의 상황도 물어보고 공부하면서 힘든 부분이나 전공에 대해서도 이야기했다. 학원 픽업하면서 아들과 좋은 추억을 남겼었다고. 즐거운 시간이었다고 이야기하곤 했다.

남편은 가끔 이런 이야기를 한다. '아이들도, 우리도 함께 성장

하고 있다고.'

큰 아이가 중학교 때 아빠에게 보낸 생일편지를 소개하겠다.

사랑하는 아빠께

이제 아빠도 40대의 중반이시네요. 점점 나이가 들수록 경험도 많아지고 생활의 이치도 잘 아시겠네요. 그걸 저희에게 가르쳐 주시려고 하시고요.

저는 아빠가 무섭거나 불량하셨으면 어떨지 궁금해요. 하여튼 10년 만에 1명 나올까 말까 하는 성품과 마음가짐을 가지신 분 이세요. 그래서 그런지 저희는 힘과 고된 노력 없이 지내요. 이 말은 공부를 적게 한다는 게 아닌 재밌고 즐겁게 한다는 것을 말 하는 거예요. 그리고 저에게 기대를 많이 가지고 계시는 것 같 은데 그 기대를 저버리지 않을게요. 그리고 앞으로 열심히 살아 서 독한 마음으로 실망시키지 않을게요.

큰 아이가 고등학교 때 아빠에게 보낸 생일편지 2장을 소개 하겠다.

아빠 사랑해요.

제가 맏아들인 만큼 엄마를 돌봐드리고 찬주를 봐줄 테니까 아빠는 기운 내시고 건강하게 지내시면서 돈만 많이 벌어오세요. 한마디로 각자 일에 충실하자는 거예요. 저도 공부를 열심히 해서 걱정을 덜어드리고도 싶고 궁금한 것도 같이 탐구하면서 지냈으면 좋겠어요. 때때로 힘들 때도 있겠지만 끝까지 이겨내고 같이 운동도 하면서 우리 함께 좋은 세상, 좋은 가정, 좋은 부자(父子), 좋은 추억 만들면서 재미있고 새콤달콤 색다른 휴가 보내요. 우리 함께 화이팅 해요.

아부지 52번째 생신을 진심으로 축하드려요.

제가 울 아부지의 아들인 게 참 행운이라고 생각해요. 분명히 저 때문에 힘드시기도 할 텐데. 제가 힘들어할 때마다 도와주시고 위로해 주신다는 게 참 감사해요. 지금은 제가 학업에 집중을 하고 있느라 잘 티를 못 내고 있긴 하지만 저는 아부지를 정말 사랑해요. 저희를 위해 희생해 주시고 신경 써 주신만큼 나중에 몇 배로 갚도록 할게요. 다만 그전까지는 건강하시고 행복하셔야 해요.

작은아이가 초등학교 6학년 때 아빠에게 보낸 생일편지를 소개하겠다.

아빠 드디어 아빠 생신이 왔네요. 선물을 진심을 담은 편지로 전해요. 그동안 응용문제 함께 풀 때 재미있었고 아빠가 얻은 숙소 정말 좋아요. 그리고 공부가 많이 재미있어졌어요. 앞으로 공부 열심히 할게요. 축구선수가 꼭 되어서 아빠에게 많이 사드릴게요. 사랑해요.

아이들의 편지는 '아빠 사랑해요' 라고 시작한다. '감사해요' 보다 '사랑해요' 라는 말이 많아 기뻤다. 자기들이 힘들 때 위로가 되고, 힘이 되어 줬다고 이야기해 줘서 더 고마웠다.
자녀양육에 있어서 아빠의 존재는 너무도 중요하다. 엄마가 다 채울 수 없는 부분을 아빠가 대신해 주기 때문이다. 보통 아들에게는 아빠가 중요하다고 한다. 하지만 아들이건 딸이건 아빠는 중요한 존재다. 우리 아이들의 앞길을 응원하고 지지하는 우리 부모들에게 화이팅이라고 외치고 싶다. 미래를 이끌어갈 우리 아이들도 화이팅.

- - - - - - - - - - - -

부모의 긍정적인 마인드가 자녀일생을 결정한다

01

· · · · · · · · · ·

부모가 먼저 배워서 긍정적인
마인드를 장착하라

부모 됨이 처음이라 자녀양육에 실수가 많다. 실수로 인한 후회도 많다. 부모들이라면 비슷한 심정일 것이다. 첫 아이 키운 경험으로 둘째는 잘 키울 수 있을 것이라 생각한다. 하지만 둘째도 셋째도 마찬가지다. 내가 강조하고 싶은 것은 부모들도 교육이 필요하다는 것이다. 부모가 먼저 배워서 아이와 만날 준비를 해야 한다고 생각한다. 난 아기를 만나는 게 설레기도 했지만 두렵기도 했다. 어떤 부모가 될지 생각해 보지 않았기 때문이다. 그래서 아기 갖기 전에 서점부터 찾았다. 잘 키우고자 하는 욕심도 있었지만 제대로 키워야 한다는 의무감 같은 것이 있었다. 하나님이 나에게 주실 아이를 위하여 공부를 해야 했다.

난 자녀 교육서를 읽으면서 많이 배웠다. 아이를 직접 키우는 엄마들은 필히 자녀 교육에 관한 공부를 해야 한다. 자녀 교육서뿐만 아니라 심리학, 자기계발, 인간관계, 긍정마인드에 관한 책도 읽기를 권한다. 책을 읽으면서 나를 알 필요가 있다. 엄마인 나부터 내가 누구인지? 내가 나를 사랑하는지? 알 필요가 있다. 자녀를 잘 키우기 위해서는 먼저 나를 알아야 하고 나를 사랑해야 한다. 자존감을 점검해 볼 필요가 있다는 것이다.

20대 때, 고등학교 친구와 통화한 적이 있었다. 그 친구는 나에게 이렇게 말했다. "향선아, 너 여전히 비관적이구나." 그때서야 알았다. 내가 낙천적인 성격이 아니라는 것을. 고등학교 시절, 난 패배감이 높았다. 직장생활 때도 전문직이 아니어서 열등감이 있었다. 지금의 남편을 만나 결혼한 후 아이를 낳고부터 나 자신이 변해감을 느낄 수 있었다. 지금은 예전의 '비관적인 나'가 아닌 '긍정의 나'가 되었다. 자녀를 키우면서, 집안이 기울면서, 질병을 통과하면서, 더 단단해진 긍정의 아이콘이 된 것이다. 긍정마인드가 형성되기까지 여러 요인이 있었다. 책 읽기가 있었고 환경의 극복을 통한 투지가 있었다. 그리고 하나님에 대한 믿음과 끈기가 있었다. 이러한 요인들이 나에게 긍정을 안겨주었다.

엄마가 바로 서야 자녀도 바로 설 수 있다. 아이들은 엄마를 보고 자라기 때문이다. 엄마는 확고한 주관을 가지고 자녀를 양육해야 한다. 불안해하지 말고 조급해하지 말아야 한다. 엄마가 편안해야 아이들도 편안해한다. 엄마들과 상담하면서 느껴졌던 것은 엄마들의 조급함이었다. 조급함은 욕심에서 비롯된다. 마음을 비우고, 받아들이고, 욕심을 내려놓을 때 길이 열린다.

난 지금도 계속 공부 중이다. 앞으로 고전과 인문학 책을 읽을 것이다. 다양한 분야의 책을 읽을 것이고 독서법을 연구할 것이다. 손으로 하는 명상인 필사도 할 것이다. 내가 성장하지 않는다면 모든 인간관계에 어려움을 줄 수 있기 때문이다. 자녀에게, 남편에게 나도 모르는 사이에 부정의 마인드가 전염될 수 있다. 나이가 든다고 성숙되는 게 아니다. 배우지 않으면 나이가 들어도 달라지지 않는다. 자녀에게 문제가 있는 경우 대체로 부모에게 문제가 있는 경우가 많다. 하지만 부모는 이것을 인정하지 않는다. 난 잘 키웠는데 주변 환경이, 아이가 문제가 있어서 잘못되었다고 말한다. '난 다 옳고 넌 문제가 많고' 이런 식이다. 자기중심적인 태도를 버리지 않는다면 부모 자녀와의 관계, 더 나아가서 부부관계도 좋아지지 않을 것이다.

사람들은 자기가 가진 것에 만족하지 못하는 것 같다. 더 가진 자와 비교하면서 스스로 불행하다고 생각한다. 작은 것에 감사할 줄 모른다. 나라고 예외는 아닐 것이다. 나도 비교도 많이 하고 작은 것에 감사하지 못했다. 하지만 이제 달라졌다고 말할 수 있다. 작은아이 낳은 후 지금까지 정신의학과 약을 복용하고 있지만 너무 행복하다. 행복한 이유가 뭐냐고 묻는다면 자녀들이 좋은 대학가서 행복한 것이 아니라 건강해져서 행복하다라고 말하겠다. 잠을 잘 잘 수 있어서, 맛있는 것을 먹을 수 있어서, 좋은 남편 만나서, 착한 아이들 만나서 행복하다고 말이다.

지금은 꿈도 생겼다. 50대 중반인데 이제야 책의 소중함과 재미를 느끼게 됐다. 이 책을 쓰고 난 이후에는 1일 1책 북커버 챌린지도 할 것이고 필사도 할 거다. 행복한 일들만 생겨서 행복하다. 그리고 감사하다. 나에게 학생들이 와주어서. 함께 책 읽고 글을 쓰게 돼서. 아이들의 실력이 향상되는 모습을 보게 돼서. 아이들과 야외수업하고 떡볶이를 먹을 수 있어서.

주변 사람들이 나에게 "아직도 공부해요?" 라고 물으면 "내가 어렸을 때 공부를 못해서 지금 공부하는 거예요. 학교 다닐 때 책을 많이 안 읽어서 지금 읽는 거예요."라고 말한 적이 있다.

하지만 앞으로는 이렇게 말하지 않으리라. 스스로 나의 가치를 떨어뜨리지 않으리라. 다짐해 본다.

나만의 긍정마인드 비법을 소개하겠다. 운동(달리기, 스트레칭, 근력운동), 책 읽기, 대형서점가기, 끊임없이 배우기, 신앙생활, 좋아하는 일하기, 건강식 직접 만들어먹기(보리빵, 상투과자 등), 베풀기, 웃기, 좋은 사람과 수다 떨기.

긍정마인드를 갖기 위한 나만의 마음 다스리기는 마음열기, 받아들이기, 내려놓기, 작은 일에 감사하기, 용서하기.

02

공부하기 싫은 아이는
엄마가 동기부여가 돼라

　　어떻게 하면 아이들에게 동기부여를 잘할 수 있을까? 이것은 모든 부모가 바라는 부분일 것이다. 아이들이 자신의 목표가 분명해지면 공부할 의욕이 생기게 된다. 하지만 명확한 목표를 갖고 공부하는 아이들은 많지 않다. 초등학교 때가 아이들 공부습관을 잡는 중요한 시기라고 할 수 있다. 초등학교 때 형성된 공부습관이 청소년시기까지 이어지기 때문이다. 청소년시기의 성공 경험은 열심히 공부하고자 하는 의욕을 갖게 한다. 하지만 초등학교 때에 공부습관 잡기까지가 쉽지만은 않다. 공부습관 잡기 위한 엄마들의 노력이 필요하다. 작은 아이가 초등학교 3학년 때 일이다. 초등학교 3학년은 사회, 과학 과목이 추가되는 학년이다. 나는 작은 아이에게 공부습관을 잡아주기 위해 사회, 과학 문제집도 풀자고 권유했다. 대답은 '싫다' 였다. 난 다른 방법을 강구하기로 했다. 나의 공부 동기부여 무기인 '꼬시기 작전' 으로 작은아이를 구슬렸다. 그 방법을 소개하겠다. 첫째, 작은아이 방에 가서 같이 눕는다. 둘째, 머리, 손 등을 어루만져 주면서 일상이야기를 자연스럽게 시작한다. 셋째, 사회, 과학을 왜 공부해야 하는지 설명한다. 넷째, 공부분량을 1장부터 시작한다. 이러한 방법으로 가볍게 시작했다. 익숙해지면 분량을 늘려 갔다. 아이의 이야기를 들어보지도 않고 일방적으로 명령하거나 지시한다면 누구든 싫어하게 마련이다. 부담되지 않게, 신중하게 아이와 충분히 대화하면서 이끌어 줘야 한다. 그러면 아이들은 엄마가 하자는 대로 따라오게 된다.

큰 아이가 초등학교 4학년 때 쓴 일기를 소개하겠다.

우리 엄마는 기가 막히게 잘하시는 것이 있다. 바로 공부시키기이다. 동생이 공부를 하기 싫어할 때 엄마는 대단한 '말발' 로 찬주를 공부시키게 하신다. 그 외에 나도 모르는 사이에 현황보기나 계획표 실천도를 보는 것도 참 대단하시다. 게다가 저작권

침해와 사생활 침해가 심하시다. 이 글을 끝내고 내가 자고 있을 때에 99% 훔쳐보실 것이다. 그러면서 내일 아침에 내 일기 내용 중 한 부분을 말할 게 뻔하다. 엄마, 이걸 보셨으면 편지 적어주세요. 저작권료 1000원과 함께^^ (담임선생님 한마디 : 1000원 받았니?^^)

여기에 내가 답장을 썼다.
건주일기 보고 한참 배꼽 잡았단다. 엄마에게 웃음 줘서 고마워. 엄마는 항상 건주, 찬주, 아빠 편이란다. 우리는 한 팀이잖아. 엄마가 더 건강해져서 너희들에게 잘해주고 싶어. 엄마는 건주를 믿고 늘 뒤에서 응원할게. 건주도 엄마를 이해하지. 사랑해.

작은 아이가 중학교 1학년 땐 목표도 있고 열심히 하는 모습을 보여줬다. 하지만 중학교 2학년 때 영어시험을 망치고 난 이후부터 상황은 달라졌다. 사춘기가 시작되면서 방황하기 시작한 것이다. 여러 방법을 동원했지만 내 뜻대로 되지 않았다. 작은 아이를 어떻게 도와주어야 할지 난감했다. 이런 상황에서는 말보다는 행동으로 보여주는 것이 나을 거 같다고 생각했다. 작은 아이 생일도 다가왔기 때문에 생일선물로 필통을 사줬다. 필통

안을 각종 필기도구로 가득 채웠다. 문구점에서 최소 2시간을 고민해서 골랐다. 집에 와서 필통을 작은 아이에게 아무 말없이 내밀었다. 선물을 받은 작은 아이는 이렇게 말했다. "엄마 마음 알겠어요." 이 말이 얼마나 고맙고 뿌듯했던지. 사춘기 시기는 어떤 말도 소용이 없는 것 같다. 마음이 혼란스러운 시기였기 때문에 엄마 마음만 전달하면 된다라고 생각했다. 작은 아이는 필통을 잘 들고 다녔다. 대학생이 될 때까지. 기특한 녀석.

큰 아이는 중학생이 될 때까지 친구들과 함께 논술수업을 받은 적이 없었다. 그래서 작은 아이 친구들과 함께 모둠수업을 해야겠다고 생각했다. 큰 아이는 처음에는 싫다고 했다. 큰 아이를 설득하기 위해 보상의 방법을 썼다. "건주야 한번 수업받을 때마다 1만 원 줄게. 하자." 라고 말했다. 큰 아이는 웃으면서 "좋아요." 드디어 승락을 얻어낸 것이다. 함께 수업하면서 아이들이 얼마나 즐거워하던지. 너무 다행이라고 생각했다. 한 달 정도 수업하고는 "엄마 이제 돈 안 주셔도 돼요." 본인이 생각해도 미안했던 모양이다. 엄마의 의도를 알았는지 보상이 없어도 열심히 하는 모습을 보여줬다.

공부하기 싫어하는 아이들, 책 읽기 싫어하는 아이들, 글쓰기 싫어하는 아이들을 변화시키려면 선생님이든 부모든 기술이 필요하다고 생각한다. 그리고 진심을 다해 고민하는 마음이 필요하다. "우리 애는 하기 싫어해요. 포기했어요"라고 어머니들은 말씀하실 때가 있다. "포기하지 마세요. 방법을 찾아보세요. 진심은 통하게 마련이에요."라고 말씀드리곤 한다. 부모도 포기하지 말고, 아이도 포기하지 말고, 서로 노력할 때 길이 열리게 된다.

독서논술에서 책 읽는 습관을 만들어주기 위해 고민을 많이 하는 편이다. 내가 쓰는 동기부여 방법으로는 저학년 아이들에게는 스티커 주기가 있다. 3~4학년 남자아이들은 중간 쉬는 시간에 간식을 준다. 다양한 독후활동으로 조소작업, 습식수채화, 밀랍 점토놀이도 겸하고 있다. 한두 달에 한번 정도는 야외수업을 한다. 나뭇가지, 나뭇잎, 솔방울, 돌멩이를 각자 주워와서 합동작품 만들기를 하거나 눈감고 나무 찾기를 한다. 야외수업이 끝나면 떡볶이를 먹으러 간다. 아이들이 얼마나 좋아하는지. 재밌는 독서논술수업이 되기 위해 다양한 방법을 적용하는 것이다. 책 읽기와 글쓰기가 공부가 아닌 즐거운 것이 될 수 있도록 하기 위함이다. 이렇게 한다면 학교공부도 재미있지 않겠는가.

아이들의 동기부여를 위해 책 선택도 아이들과 함께 한다. 자기가 직접 고른 책으로 수업을 하게 되면 더 집중할 수 있기 때문이다. 가정에서도 학교, 학원에서도 아이들의 자율성을 보장해 주어야 한다고 생각한다. 아이들이 인정받는다는 느낌을 받게 되면서 공부에 더 흥미를 갖게 되기 때문이다.

내가 자주 가는 한의원이 있다. 부인과 함께 진료하는 원장님은 외아들을 의대에 보내고 싶어 했다. 고등학교 3학년 때부터 원장님이 아들의 수학을 도와줬다고 했다. 결국 원하는 의대는 합격하지는 못했다. 원장님 아들은 대학입시를 포기하고 공무원 시험에 응시해 합격한 상태라고 했다. 원장님 부부는 의대에 대한 아쉬움이 남아 계속 도전시키고 있다고 했다. 원장님 부인과 잠깐 이야기를 나눴다. 아들에게 이렇게 말했다고 했다. "아들아, 아빠 반 만이라도 닮아라." 이 말을 들은 순간 이런 생각이 들었다. '내가 그럼 아빠 반도 안된다는 건가? 아들이 이렇게 생각하지 않을까?' 원장님 부인은 아들을 위해서, 동기부여 하기 위해서 해 준 말이었을 것이다. 하지만 동기부여는커녕 마음만 상하는 상황이었으리라. 부모가 자녀들에게 얼마나 말을 조심해야 하는지. 부모는 말 한마디, 행동 하나, 말과 행동보다 중요한 '느낌'에 더 주의를 기울여야 하지 않을까 생각했다.

03

아이를 훈계하기 전에
부모자신을 돌아보라

부모는 자녀가 올바른 길로 가기를 바란다. 그러다 보니 대화할 때 부모가 가르치는 입장이 되기가 쉽다. 자녀가 성인이 되어도 마찬가지다. 대화는 주고받는 의사소통이다. 들어주는 것이 먼저라고 생각한다. 그럴 때 자녀들은 인정받는다는 느낌을 받게 된다.

친하게 지내는 지인 분들이 있는데 만날 때마다 느끼는 게 있다. 한 분만 주로 말씀하시고 나머지 분들은 듣는 분위기인 경우다. 서로서로 마음을 터놓고 이야기를 주고받는다면 더 돈독해지지 않을까 라는 생각이 들었다. 부모 자녀 사이도 마찬가지라고 생각한다. 부모가 일방적으로 말하는 것은 대화가 아닌 훈계다. 부모는 먼저 자녀의 이야기를 들어줄 필요가 있다.

아이가 마음을 열고 이야기할 땐 주의 깊게 들어줘야 한다. '훈계하다'는 타일러서 잘못이 없도록 주의를 주다를 뜻한다고 한다. 아이가 잘못한 일이 있다면 훈계할 필요가 있다. 하지만 자칫 잔소리가 될 수 있기 때문에 주의가 필요하다. 부모가 자녀에게 훈계하더라도 '우리 부모는 여전히 나를 사랑하셔.'라고 믿도록 해보면 어떨까.

지인 중 한 분은 자신의 아들이야기를 하면서 "그 자식은 말도 지독하게 안 들어. 사고만 치고 다녔다니까."라고 말씀하셨다. '그분 아들은 왜 말을 안 들었을까? 혹시 지인분이 그렇게 키운 것은 아닐까? 왜 아들만 문제가 있다고 하는 거지?'라는 생각이 들었다. 아이들이 문제를 일으키는 데는 이유가 있다고 생각한다. 혹시 내가 일방적으로 명령하고 지적하지는 않았나? 되돌아볼 필요가 있다. "요즘 젊은 애들은 말을 너무 안 들어"라고 말씀하시는 60대 지인분이 있다. '왜 부모는 잘못한 게 없고 자녀들만 문제인 것처럼 말씀하시는 걸까?' 우리 부모들은 자기 자신을 돌아볼 필요가 있다고 생각한다. '아니 땐 굴뚝에 연기 날까'라는 속담처럼 모든 것에는 원인이 있다고 생각한다.

부모는 자녀를 사랑하는 마음이 있기 때문에 아이가 요구하면 대체로 들어준다. 나도 아이들이 요구하면 곧잘 들어줬다. 어느땐가 이런 생각이 들었다. '부모가 해주는 것을 당연하다고 생각하는 건 아닐까?' 그래서 아이들에게 "부모가 해주는 것에 늘 감사해야 한다."라고 말해줬다. 걱정과는 달리 아이들은 청소년을 거치면서 철이 들어간다는 것을 느낄 수 있었다. 굳이 아이들에게 "부모에게 효도해라. 감사해야 한다."라고 가르치지 않아도 이미 감사하고 있다는 것을 느낄 수 있었다. 생일이나 어버이날에 편지를 주고받으면서 아이들의 속마음을 알게 됐다.

나보다 연배가 높으신 지인분께서 이런 말씀을 하신 적이 있었다. 아이들 생일에 엄마가 미역국을 끓여주지 말고 아이들이 엄마를 위해서 미역국을 끓여드려야 한다고 가르치라는 것이다. '엎드려 절 받기' 인 격이다. 난 그렇게 아이들에게 요구하고 싶지 않았다. 아이들 생일에는 아이들을 축하해 주면 되는 것이고, 부모님 생신 때는 아이들이 부모님을 축하해 주면 된다고 생각했다. 아이들에게 훈계하거나 가르치려 하는 것보다 부모인 우리가 먼저 본을 보여주면 되는 것이다. 우리 부모님에게 효도하는 것이 자녀들에게 효도받는 길이라고 생각한다. 아이들은 부모의 뒷모습을 보면서 배우기 때문이다.

우리 부모들은 자녀를 대할 때 하나의 인격체로 대할 필요가 있다. 나의 것이 아닌 하나님이 주신 선물로. 귀하게 대하고 함부로 말하지 않고 말수도 줄일 필요가 있다. 부모의 침묵도 효과적일 때가 있다. 아이들이 잘할 것을 믿고 기다려주는 부모가 되었으면 한다.

04

· · · · · · · · · ·

부모의 조급함이
아이를 망친다

'세로토닌 하라!' 책에서 이시형 박사님은 우리 한국사회가 경쟁과 스트레스, 조급함이 심해지고 있다고 지적했다. 해방과 6.25 전쟁을 치른 우리나라는 극도의 가난을 겪어야만 했다. 그리고 한강의 기적도 이뤄냈다. 극적인 경제발전을 이루면서 우리 내면에 '빨리빨리' 정서가 싹트게 된 건 아닐까 라는 생각이 들었다. 우리 주변만 보아도 쉽게 알 수 있다. 경쟁에서 뒤처질세라. 먼저 알아야 하고 발 빠르게 움직여야 한다고 생각한다. 남과 비교하면서 생기는 조바심이 우리 안에서 요동치기 일쑤다.

초등학교 5학년 남자아이를 둔 어머니께서 블로그를 통해 독서논술을 찾아오신 적이 있었다. 수학, 영어도 중요하지만 국어가 안되면 다 소용이 없다면서 주 3회 보내시겠다고 하셨다. "제가 좀 다혈질이고 엄청 급한 성격이에요. 제가 큰 아이 신경 쓰다 작은아이를 신경 쓰지 못했어요. 꾸준히 시킬 거예요." 이렇게 말씀하셨다. 아이는 수업을 잘 따라왔다. 어느 날 어머니는 수업시간 조정도 해야 하고 수학도 급해서 보류해야겠다고 하셨다. 기다렸지만 결국 연락은 없었다. 엄마가 중심을 못 잡고 이리저리 옮겨 다니게 되면 아이 실력은 제자리 일뿐이다. 엄마의 조급함이 아이 성장을 막는 케이스다. 아이교육은 차분하고 길게 내다볼 필요가 있다. 내가 결정한 것이 잘한 것인지 점검해 볼 필요가 있다. 이 사례를 보면서 자녀교육은 아이문제 이기보다 부모문제일 가능성이 크다는 것을 느꼈다.

결혼 전에 교회를 다니면서 알게 된 한 가정이 있었다. 그 가정에 6살 된 딸아이가 있었는데 거의 말을 안해서 부모가 걱정이 많았다. 엄마는 "너 말 안하면 답답하지 않니?"라고 종종 말했다. 너무 말을 안해서 이상이 있지 않나라고 생각했다는 것이다. 세월이 흘러 우연히 이 가정 소식을 들었다. "그 집 말 안하던 아이 말이야. 치과대학 들어갔어." 하는 것이었다. 얼마나 반갑고 놀랐는지. 6살 때 그렇게 말 안하고 소심한 아이가 명랑 쾌활한 아이가 되었다니. 그리고 공부도 잘해서 치대를 가다니. 이걸 보면서 아이가 늦는다고 걱정할 일이 아니구나. 좀 빠른 아이가 있고 늦되는 아이가 있구나. 끝까지 가봐야 알 수 있는 게 자녀교육이구나 라는 생각이 들었다. 그 어머니는 지혜롭게 기다렸을 것이고 급하게 마음먹지 않았음이 분명하다. 기도로 아이를 키웠을 것이고 지켜보았을 것이다. 아이가 보통 아이들에 비해서 늦다고 생각되면 병원에 가서 알아보면 되는 것이다. 아무 이상이 없으면 기다려주면 되는 것이다. 부모의 태도가 얼마나 중요한지.

엄마들은 "아이가 벌써 걷는다. 말이 빠르다. 한글을 줄줄 읽는다." 등으로 마음이 동요되기도 한다. 아이들을 키울 땐 이런 이야기들로 나도 불안했다. 하지만 '때가 되면 하겠지' 라고 긍정적으로 생각했다. 걱정하지 않고 책을 많이 읽어줬다. 그러니 진짜 때가 되니 말도 잘하고 한글도 읽게 됐다. 걱정 없는 부모가 어디에 있겠는가. 자녀를 잘 키우고 싶은 마음은 어느 부모나 다 똑같지 않겠는가. 다만 조급한 마음을 가져서는 안 된다는 것이다. 그렇게 되면 엄마도 힘들어지고 아이도 잘할 수 있는 기회를 놓칠 수 있다. 자녀양육에 있어서 부모는 서두르면 안 된다고 생각한다. 장거리 경주에서 승리하는 길은 처음부터 잘 달리는 데에 있지 않다. 인내심을 갖고 아이와 발을 맞추면서 때를 기다리는 것이 중요하다고 생각한다.

작은 아이는 2월 생이라서 7살에 학교에 보낼 수도 있었지만 체구도 크지 않고 여러모로 빠르지 않아 8살에 학교를 보냈다. 지금 생각해 보면 너무 잘한 결정이라고 생각한다. 빨리 학교에 보낸다고 좋은 것만은 아닌 것 같다. 아이들이 학교를 다니면서 자신감에 영향을 줄 수 있기 때문이다. 만일 아이가 친구들보다 부족하다고 느낀다면 학교생활과 학습에도 문제가 생길 수 있다. 큰 아이 친구들 중에 7살에 학교 간 아이들이 몇 명 있다. 1년 먼저 학교를 보내면 사회생활도 일찍 시작할 수 있기 때문에 유리한 부분도 있을 것이다. 하지만 아이들의 자신감이 더 중요하다고 생각한다. '용의 꼬리보다 뱀의 머리가 되는 게 낫다' 라고 하지 않는가. 작은아이는 다른 친구들에 비해 생일이 빨랐기 때문에 더 자신감 있어 했다. 그리고 학교생활도 즐겁게 했다.

작은 아이 초등학교 2학년 때, 국어점수도 좋지 않았고 수학도 55점, 65점 맞기도 했다. 큰 아이에 비해 떨어지는구나라는 생각이 들었다. 아이에게는 점수얘기를 하지 않고 격려만 해주면서 기다렸다. 고학년이 되면서 글씨도 예쁘게 쓰고 성적도 좋아지는 것이었다. 중학교 올라가면서 심리테스트와 학습테스트도 해봤다. 결과는 자존감은 높고 문과 성향인 것으로 나타났다. 아이의 장래를 생각하면 이과가 더 좋을 것 같다고 생각했지만 심리상담사는 만일 이과를 선택한다면 공부를 포기할 수도 있다고 하셨다. 고민 끝에 전공은 아이에게 맡기기로 했다. 아이가 스스로 원하는 분야를 선택하도록 했다. 심리상담사 말대로라면 문과를 가야 하는데 작은 아이는 이과를 선택했다. 취업을 생각하면 이과가 유리하기 때문이다. 작은 아이의 의견대로 건축학과에 입학했다. 한 학기 다니면서 친구들과 선배들로부터 많은 이야기를 듣게 되었다. 앞으로는 IT가 중요해질 거고 취업도 잘될 거라는 이야기를 들은 것이다. 그래서 다음학기 때 컴퓨터사이언스로 전과하게 되었다. 아이인생은 모르는 것이다. 검사도 꼭 맞는 것도 아니다. 모든 건 본인이 결정하기에 달렸다는 생각이 들었다.

내가 학습지 교사로 방문수업 다닐 때의 일이다. 초등학교 4학년과 6학년 아이를 둔 가정이었다. 어느 날 수업하러 방에 들어갔는데 초등 6학년 여자아이는 문 앞에 서있고 어머니는 서랍을 열면서 이렇게 말하는 것이었다. "선생님 이것 좀 보세요. 우리 애가 이 비싼 호두랑 당근을 먹지도 않고 서랍 속에 넣어놓았지 뭐예요?" 6학년 아이는 안절부절못하고 있고 엄마는 호통을 치고 있고. 너무 섬뜩했다. 이미 큰 아이는 정신과 약을 복용하고 있었다. 이 가정은 일거수일투족 엄마 관리하에 있는 집이었다. 큰 아이 수업할 땐 작은아이는 공부하고 있어야 하고. 작은 아이 수업할 땐 큰 아이가 공부하고 있어야 하고. 한 번은 4학년 작은 아이가 30cm 자를 내게 보여준 적이 있었다. 30cm 자로 책상을 하도 쳐서 다 부스러져 있었다. '아이들이 스트레스를 엄청 받고 있구나. 아이들을 가둬 놓고 아이들 마음대로 하지 못하게 하시네. 나중에 사춘기 되면 어쩌려고 그러시지?

아이들을 잘 키워보려고 하는 것이 오히려 아이들을 망치는 길이 될 수 있다는 생각이 들었다. 부모의 욕심, 부모의 조급함을 잠시 내려놓고 한발 물러나는 것이 어떨까. '급할수록 돌아가라고 하지 않았던가' 부모 자신을 더 돌아보고 자녀를 똑같은 어른으로 생각해 보면 어떨까. 우리가 상대방에게 함부로 하지 않듯이 자녀들에게도 함부로 대하지 않았으면 좋겠다.

05

● ● ● ● ● ● ● ● ● ●

부모가 잘못했다면
먼저 사과하라

아이들만 실수하는 것이 아니라 부모들도 실수한다. 부모라고 완벽한 존재가 아니기 때문이다. 아이들이 실수하거나 잘못했을 때 부모에게 용서를 구하는 것처럼 부모도 그래야 한다. 이건 상대방에 대한 배려이자 존중의 자세다.

작은 아이가 중학교 2학년 때 일이다. 내가 작은 아이에게 큰 잘못을 했다. 그 당시 작은 아이는 공부에 흥미를 잃어 기술가정, 중국어 점수가 바닥이었다. 왜 이런 점수를 받을 수밖에 없는지 걱정됐다. 어느 날 지인한테 전화가 왔다. 자기 아들 얘기를 하면서 한탄을 하는 거였다. 내 딴에는 지인을 위로해 주기 위해서 이렇게 말했다. "그 집 아들만 그런 거 아니에요. 우리 찬주도 점수가 형편없어요. 기술가정, 중국어가 20~30점대라니까요. 너무 걱정하지 말아요." 통화가 끝난 후 방에서 작은 아이가 나오더니 "엄마, 너무하는 거 아니에요? 내 점수를 남한테 말하는 게 어디 있어요?" 그때 생각하면 아찔할 지경이다. '통화한 내용을 들었구나.' 난 내 아들을 깎아내리려고 한 말이 아니라 지인을 위로해 주려고 한 말이었는데. 내 아들도 마찬가지라는 것을 알려주려고 한 건데. 그게 화근이 된 거였다. 얼마나 미안하던지. 쥐구멍이라도 있으면 들어가고 싶었다. 내 얼굴은 빨개지고 몸 둘 바를 몰랐다. 후회해도 소용없고. 너무 미안해서 미안하다는 말도 안 나왔다. "엄마, 괜찮아요." 나도 바로 작은 아이에게 사과했다. 부모들도 한두 번씩 실수하거나 잘못하는 일이 있지 않은가. 했던 말 또 하고, 나도 모르게 상처 주는 말을 하고. 그래도 이런 일을 겪고 난 후 작은 아이가 바로 알려줘서 다행이라고 생각했다. 만일 작은 아이가 내가 한 행동을 참고 그냥 지나쳤다면 큰 상처로 남을 수도 있었겠다는 생각이 들었다. 내가 사과할 수 있도록 말해줘서 고마웠다. 부모들은 자녀 앞에서 자신의 잘못을 인정하기가 쉽지 않다고 한다. 그 마음이 이해가 간다. 미안하다고 말하는 순간 자신의 잘못을 인정하는 꼴이 되기 때문이다. 하지만 자녀가 입는 상처를 생각한다면 사과는 정말 필요하다. 부모가 아이에게 사과하는 것은 교육적 효과가 아주 크다고 신의진 소아정신과 교수님은 말씀하셨다. 서로 사과함으로써 부모 자녀 간에 대화를 유지할 수 있고 상처 치유에도 효과적이라고 한다. 부모의 권위가 떨어진다는 생각에 사과를 미룬다면 자녀와의 관계도 더 멀어지게 될 것이다. 부모 자녀와의 관계형성이 더 중요하기 때문에 미안하다는 말도 아끼지 않았으면 한다.

작은 아이가 중학교 1학년 때 가끔씩 잔소리한 적이 있었다. 스스로 공부를 잘하다가도 느슨해질 때면 이렇게 말한 적이 있었다. "찬주 요즘 해이해진 거 같다." 한 번만 말하면 되는데 나도 모르는 사이에 자꾸 이 말을 했던 모양이다. 급기야 작은 아이가 화를 내면서 "엄마, 이제 그 말 그만하세요. 스트레스받아요." 나는 장난 삼아 했던 말이 아이에게는 스트레스가 된 거였다. 이때도 "미안" 하고 말했다. 나를 포함해서 엄마들은 사사건건 잔소리를 왜 하는지 모르겠다는 생각을 했다. 그 이후로는 이 말을 절대 아이 앞에서 하지 않았다.

지인 중 한 분은 아들과 어려움이 있어 대화로 해결했다고 하셨다. 그중 한 가지가 아들에게 "미안해" 라는 말을 했다는 거였다. 자기 아들과 오랜 세월 부딪치고 싸우는 일이 많아서 힘들어했던 분이시다. 진정으로 아들과 화해를 하고 사과를 하고 난 후 관계가 좋아졌다는 것이다. 그래서 지인분은 부모 자녀 간에 어려움이 있는 가정에는 이 조언을 잊지 않는다고 했다. 그건 부모가 먼저 "미안해" 라고 사과하는 거다. 이 한마디로 자녀에게 누적된 상처가 눈 녹듯 사라질 수 있다는 거였다. 부모들은 사랑하는 자녀들에게 상처를 주지 말아야 한다. 상처준 일이 있으면 먼저 다가가는 용기를 발휘해야 한다. 그럴 때 자녀들도 자신이 잘못한 일이 있을 때 우리에게 다가와 용서를 구하게 될 거다. 서로 인정해 주고 존중한다는 것을 앎으로 자녀들의 자존감도 높아질 것이다.

나도 아직 지인분과 친정언니로부터 사과를 받지 못한 일이 있다. 사과를 받지 못하니 그 일이 잊히지 않는다. 잊어버리려 해도 잊히지 않고 앙금처럼 남아 있다. 그러다 보니 그 사람이 미워지고 가까이하고 싶지 않다. 인간관계는 똑같다고 생각한다. 항상 입장을 바꾸어 생각해 보면 쉬워진다.

자녀들 마음속에 깊은 상처가 남지 않도록 바로 사과하는 부모가 되기를 바란다. 자녀들과 소통하는 부모. 먼저 사과할 줄 아는 부모. 아이를 존중하는 부모가 되었으면 한다.

06

· · · · · · · · ·

강인한 엄마가
강한 아이를 낳는다

나의 파란만장한 인생이야기를 하려 한다. 방송통신대 3학년으로 편입하면서 취직도 했다. 첫 직장은 공장이었다. 나름대로 계획이 있었기 때문에 창피하지는 않았다. 내 계획은 빨리 돈을 벌어 타자학원에서 타자를 배우고 더 좋은 직장을 얻는 것이었다. 그리고 대학원에 진학하는 거였다. 마침 작은 언니의 소개로 연구원에 연구조원으로 취직하게 되었다. 연구원을 다니면서 방통대를 거쳐 대학원까지 다니게 된 것이다. 나의 20대는 직장과 학교생활뿐이었다. 좋은 직장이어서 돈도 많이 벌었다. 그리고 석사학위도 얻었다. 33살 늦은 나이에 교회에서 지금의 남편을 만나 결혼까지 하게 됐다. 결혼 후 바로 아이를 가졌지만 유산의 아픔을 겪어야만 했다. 다시 임신을 해야 했기 때문에 안정적으로 다니던 직장을 그만둘 수밖에 없었다. 다행히도 4개월이 지난 후 임신하여 건강한 아기를 출산할 수 있었다. 그 당시 우리는 3,800만 원짜리 빌라전세에서 살았다. 빌라가 너무 좁고 불편해서 2년 후 아파트 전셋집으로 이사했다. 남편은 큰 아들이었지만 시댁 형편이 어려워 전셋집과 살림살이를 내가 거의 부담해야 했다. 다행인 것은 내가 직장 다니면서 벌어놓은 것이 많아서 다 충당이 됐다. 그 당시 남편과 나는 부동산에 관심이 없어서 아파트를 구입할 생각을 못 했다. 조금만 대출받으면 집을 살 수 있었는데도 말이다. 남편도 생각이 있었을 텐데 내게 말하지 않았다. 미안해서 그랬는지도 모른다. 작은 아이가 생기고 집을 사야겠구나라고 생각했을 땐 아파트 집값이 너무 올라 있었다. 남편은 상가를 대출받아 분양받아놓은 상태이기도 했다. 그러다 보니 더 집을 살 수가 없었다. 우리는 초조해져서 연로하신 친정엄마를 모시기로 하고 돈을 빌려 무리하게 아파트를 사게 됐다. 1년 반 정도 친정엄마를 모시고 살았다. 이때 우리 아이들은 4살, 2살이었다. 산후우울증으로 불면증이 심했고 아이들은 어리고 엄마도 모시는 상황이 되었던 것이다. 그 당시 어떻게 살았는지 모를 정도로 너무 힘든 나날이었다. 매일 울다시피 했다. 그런데 친정엄마도 몸이 점점 안 좋아지시는 것이었다. 도저히 모실 수 있는 상황이 안돼서 다시 따로 살게 됐다. 집은 샀지만 빚은 해결이 되지 않았다. 마침 봉천동 근처 상도동이 재개발 된다는 소식이 들려왔다. 이것이 우리에게 불행을 안겨다 주는 불씨가 되었던 것이다. 우리는 빨리 돈을 벌고 싶었다. 그래서 살던 집을 팔아 그 돈으로 재개발하는 곳에 투자하게 됐다. 투자한 후 우리는 용인으로 월세로 이사 오게 됐다. 몇 년 동안 서울 상도동 아파트 재개발이 되기만을 고대하고 있었다. 4년이 지나도 아무 소식도 없어서 함께 투자한 지인에게 전화를 해 봤다. "그거 휴지조각 됐어. 금융위기 오면서 조합장이 돈 가지고 날랐어." 청천벽력과도 같은 이야기를 들은 것이다. 우리의 전 재산이 날아간 것이다. 너무 슬픈 나머지 '오늘이 내일인지, 내일이 오늘인지' 분간할 수 없는 지경에 이르게 됐다. 내 젊음을 판 돈이 한순간에 날아간 것이다. 내가 벌어놓았던 모든 것이. 밤마다 무서워 울기만 했다. 처음 집 살 기회를 놓쳤을 땐 이런 생각을 했던 적이 있었다. '내가 처음부터 대출받아 집을 샀더라면 지금쯤 재산이 5억은 되었을 텐데.' 매일같이 공포에 떨어야 했다. 주변에서 대학 얘기만 나오면 '내가 과연 우리 아이들 대학이나 보낼 수 있을까?' 라는 생각만 들었다. 서울 상도동에 투자해 놓고 잠시 용인에 살려고 온 건데. 돈 날리고 뜻하지 않은 용인이라는 낯선 곳에 주저앉게 되다니. 그래서 몇 년 동안 용인에 마음을 두지 못하고 방황했다. 아이들은 점점 커가고 우리 전 재산은 6천만 원 밖에 없는 상황이었다. 전셋값도 없어서 월세를 10년 가까이 살았다. 큰 아이가 초등학교 1학년 때부터 논술교사를 했지만 수입이 신통치 않았다. 그래서 난 학습지를 해야겠다고 생각했다. 우울증과 불면증이 심해 고통의 나날이었지만 돈을 벌어야만 했다. 그리고 용인에 마음을 두어야만 했다. '서울은 물 건너갔구나' 생각했다. 마음을 다잡고 독한 마음으로 알뜰히 살아야만 했다. 엎친데 덮친 꼴로 몸도 안 좋아 안 가본 한의원이 없었고 안 가본 병원이 없을 정도였다. 매달 약값도 60만 원씩 들었다. 통장은 맨날 마이너스였고 저축은 꿈도 꾸지 못했다. 지옥 같은 삶이었다. 이 상태로 그냥 주저앉을 수 없었다. 최대한 아껴 쓰고 절약했다. '아이들을 공부시키는 것이 돈 버는 거야'라는 생각이 들었다. 자포자기하지 않고 다시 일어났다. 아이들을 공부시키고 나도 수업준비 하면서 공부했다. 이러한 가정환경으로 인해서 아이들이 더 빨리 성숙했는지도 모른다. 그리고 부모님 고생하는 것을 아는 아이들이 되었는지도 모른다.

이러한 삶을 통해 난 강인해졌다. 다시 돌아가고 싶지 않지만 이러한 환경이 나에게, 우리 가족에게 약이 되었던 것이다. 기적적으로 남편이 중소기업에서 대기업으로 입사하게 되었다. 어떻게 우리한테 이런 일이 생겼는지. 아직도 실감 나지 않는다. 그때부터 우리 집의 가정형편이 좋아지기 시작했다. 큰 아이가 고등학교 1학년 2학기 때 드디어 우리 집을 다시 사게 됐다. 저축도 하게 됐다. 얼마나 하나님께 감사한지. 믿어지지 않는 드라마 같은 일이 우리 가정에 일어났던 것이다.

힘든 시기에 남편이 나에게 수첩을 선물했다. 수첩 앞면에 이런 글귀를 남겼다.

보잘것없는 자존심이 나를 가로막는다. 미안한 마음, 죄스러운 마음. 감사의 말, 지긋이 쳐다보려는 눈길. 내가 진정으로 하고 싶은 것들을 보잘것없는 자존심이 나를 가로막는다.

내가 가족을 위해 무언가를 이룰 때까지 기다려주길 바라는 마음이 너무 지나친 걸까요? 왠지 서운하고 화가 나고 뒤로 물러나진다. 그러나 앞으로는 내가 어떻게 살아갈까? 이런 게 너무 길지 않기를 기대한다. 인생은 겪는 것이다. 기쁨을 겪고, 슬픔을 겪고, 행복을 겪고, 불행도 겪고. 누구나 경중의 차이는 있을지 모르나, 다 겪고 있다. 그래서, 인생에서 가장 중요한 건 사람이다. 사람을 잃지 않아야 한다. 또한 기다릴 줄 알아야 하고, 기다려야 한다. 인생은 겪는 것이기 때문이다. 우리는 살면서 무엇이 두려운가? 자신인가? 환경인가? 죽음인가?

모든 인간은 들판의 한 송이 꽃과 같아서 되었다 지고, 지고 난 자리에는 흔적을 찾기 어렵다. 그래서 우리는 오래 슬퍼하지 말고, 자신을 사랑하며, 하고자 하는 것을 하는 것이 필요하다. 나는 현재 그 무엇보다도, 나 스스로 가족을 책임지고, 그리기 위해 하고 있는 일, 소망을 두고 있는 일에 최선을 다한다. 그 이상도 그 이하도 없다. 이것을 멈출 수는 없다.

세상의 욕심을 두지 말라는 말로 해결될 수는 없다. 이것은 나만의 욕심이 아니기 때문이다. 이런 희망과 목표가 힘든 상황에서 나를 지탱하고 다시 출근하게 하는 유일한 이유다.

난 계속 달려갈 것이다. 더 미치도록 일할 것이다. 프로젝트들이 성공할 때까지. 성공하지 못하는 유일한 이유는 도중에 체념하기 때문이다. 성공하는 유일한 방법은 포기하지 않고 성공할 때까지 계속하는 것이다. 나도 기다림이 필요하다. 가족도 기다림이 필요하다. 나도 건강이 필요하다. 가족도 건강이 필요하다. 나의 인생은 지금 겪고 있다. 나의 가족도 지금 겪고 있다. 인생을 살고 있는 것이다. 마음껏 사랑하고 격려하고 칭찬하고. 웃는 조건이 금전, 집, 외모 등 만은 아닐 것이다. 한번 사는 인생, 내가 주인이 되어, 창조자를 경외하며, 살아가고 싶다.

이 편지를 읽을 때마다 난 운다.

07

· · · · · · · · · · ·

부모의 사랑과 헌신이
아이의 인생을 결정한다

나는 시아버님을 존경한다. 우리 집에 오시면 제일 먼저 무릎 꿇고 기도부터 하신다. 자녀들을 위한 진실 된 마음이 느껴졌다. 시어머니는 아들과 며느리를 위해 텃밭에서 키운 야채들을 꺼내신다. 참기름 1병, 고춧가루, 깨소금. 아버님은 이런 말씀도 하신다. "내가 줄 것은 없고 작은 것이지만 돈과도 바꿀 수 없는 소중한 것이다. 엄마, 아빠 마음 알쟈." "그럼요. 아버님 텃밭에서 키운 야채랑 음식들이 얼마나 소중한데요. 감사합니다." 하루이틀 머물면서 시부모님은 집안에 고칠 것은 없는지. 손 볼 때가 없는지. 늘 관찰하신다. 몇 년 전에는 직접 아버님이 황토로 흙침대를 만들어 가져오신 적도 있었다. 남편 형제들이 사형제인데 전부 만들어 주셨다. '이걸 만드시면서 우리들 기도도 얼마나 많이 하셨을까.' 이런 부모님은 흔치 않을 거다. 내가 형편이 어려울 때면 친정엄마가 하신 말씀이 있다. "왜 그런 집에 시집을 가서 고생하냐" 친척들도 "부잣집에 시집갔으면 호강했을 텐데 쯧쯧" 안타까워하시곤 했다. 하지만 이때 당시 내게 목돈이 있었기 때문에 전혀 문제가 되지 않았다. 지금은 너무 감사하고 있다. 시댁은 돈이 아닌 마음이 부자인 집이 분명하다.

우리 시부모님은 자식농사를 잘 지으셨다. 남편은 사형제 중 둘째로 장남이고 위로는 누나, 밑으로 동생이 2명이 있다. 그런데 형제들이 하나같이 성격이 똑같다. 이렇게 긍정으로 똘똘 뭉친 사람들이 있을까 할 정도다. 사형제가 모두 공부도 잘하고 효자고 인성도 탁월하다. 그리고 항상 웃는 얼굴이다. 이분들과 함께 있으면 모든 부정을 긍정으로 바꾸는 위력을 느낄수 있다. 시부모님, 시누이들은 피를 나눈 형제처럼 서로 잘해준다. 어떻게 우리 시부모님은 이렇게 자식들을 잘 키울 수 있었을까? 그건 부모님의 자녀들에 대한 사랑과 헌신, 그리고 믿음과 긍정에 있었던 것이다. 말로만 '사랑해'가 아닌 몸으로 보여주는 '사랑' 말이다. 자녀들에 대한 끊임없는 기도도 빠지지 않는다. 시아버님은 우리들과 손주들에게 "너희들이 잘할 줄

믿는다. 기도하고 있응께. 그렇게 알고. 잘 있으라잉.""안 된
다. 안 된다. 생각하면 더 안 되는 것이다. 나는 할 수 있어. 이
렇게 믿고 잘 하도록 해라잉." 난 28살 때 친정아버지가 돌아
가셨다. 그래서 더더욱 시아버님이 내 아버지 같다.

우리 집 아이들이 거북이를 키우고 싶다고 해서 큰 어항과 작
은 거북이 2마리를 산 적이 있었다. 처음에는 신기해서 너무
좋았는데 시간이 가면서 어항 청소와 물 갈아주는 게 힘들었
다. 그래도 키워야겠다는 생각에 그 일을 계속했다. 한 번은 시
아버님이 오셔서 보시더니 키우지 말라는 거였다. "나 같으면
이런 거 키울 바엔 아이들을 더 잘해 주겠다." 그러시더니 시골
내려가실 때 그냥 가져가 버리셨다. 얼마나 감사했는지. 또 한
번 감동했다. '내 어려움을 이미 알고 계시는구나. 나를 너무
사랑하시는구나.' 느낄 수 있었다.

내가 시아버님에 대한 이야기를 계속하는 이유는 단 하나다.
우리에게 자녀교육의 본을 보여주고 계시다는 거다. '부모의
사랑과 헌신' 이건 느끼는 거다. 이렇게 우리에게 잘해 주시고
사랑하시는데 난 가만있을 수 없었다. 부모님 오실 때마다 백
화점에 가서 정장 한 벌, 구두, 패딩 필요한 걸 사드린다. 사드
리면서도 얼마나 뿌듯한지. 기쁨이 바로 이거구나 라는 생각을

한다. 부모의 사랑과 헌신은 눈에 보이지도 않고 만져지지도 않는다. 말로 '사랑해'도 아닌 것 같다. 다만 느껴지는 거다. 그걸 느끼게 되면 자녀도 보답을 하게 된다. 사랑으로 우리에게 베푸셨으니 나도 사랑으로 보답해 드리는 거다.

우리 자녀들에게도 마찬가지다. 우리가 사랑과 정성으로 아이들을 대하고 아껴준다면 아이들도 느끼게 된다. '부모님이 나를 사랑하고 있구나. 부모님이 이렇게 나를 사랑하는데 실망시켜드리지 말아야겠다.'라고 생각하지 않겠는가. '나도 잘 해드려야겠다. 효도해야지'라고 말이다.

큰 아이 초등 4학년 때 일기를 소개하겠다.

10,000원으로 느낀 엄마의 마음

엄마가 오늘 장터에서 떡볶이를 사 먹으라고 만원을 주셨다. 큰돈이었다. 떡볶이는 2,500원이다. 나머지는 다른 것을 사 먹었다. 3,000원은 엄마가 남겨 두라고 하셔서 다 쓰지 않았다. 엄마는 우리를 많이 사랑하시는 것 같다. 다른 애들 엄마들은 거의 다 안 그러실 텐데 우리 엄마는 사랑하는 마음을 담아서 주시는 것 같다. 그래서 우리는 떡볶이와 많은 음식을 감사하게 여기며 먹었다. 하나님과 예수님의 음식이기도 하고 엄마의 음식이기도 하다. 우리 엄마는 친절하시다. 화낼 때는 무섭기는 하시다. 우리는 예전에도 만원을 받았다. 장터가 서기 때문이다. 5천 원만 주셔도 되는데 엄마는 우리를 과하게 사랑하시나 보다. 나도 그냥 받을 수는 없다고 생각했다. 나도 이제부터 엄마를 도와가면서 사랑해야겠다. 우선으로는 효도하고 두 번째로는 공부를 열심히 해야 한다. 엄마는 평소에 열심히 하는 것을 좋아하신다. 그래서 나도 이제 숙제도 조금씩 잘해 가면서 성실도가 좋아지고 있다. 엄마도 그 사실을 아시면 좋아하실 것이다.

큰 아이 일기를 보면서 느낀 바가 컸다. '엄마의 무의식적인 행동을 통해서 아이들은 사랑을 느끼는구나.' 엄마의 말과 행동이 얼마나 중요한지. '엄마의 진실 된 사랑을 느끼면 아이들은 바뀌는구나.' '우리 시부모님도 우리를 사랑해 주셨는데 나도 내 아이들을 사랑해 주었네.' 어느 부모든 자녀를 사랑하지 않는 부모는 없다. 다만 서툴 뿐이다. 사랑하다가도 내 마음에 들지 않으면 불쑥 성질이 날 때도 있을 것이다.
"부모님들이여. 다만 자녀들을 믿고 사랑하십시오. 정성을 다

하십시오."라고 말하고 싶다. 그러면 아이들은 부모의 마음을 느끼게 된다. 진심은 진심으로 통하기 때문이다.

내 남편은 아버님의 영향을 많이 받고 큰 것 같다. 흔치 않은 인물 임에 틀림없다. 항상 나를 존중해 주고 사랑하는 것을 느낄 수 있다. 자랑스러운 남편이고 아이들에게도 자랑스러운 아빠다. 남편은 늘 가정을 우선했고 자기 자신보다 자녀들을 먼저 생각한다. 아들들에게 수시로 전화와 문자로 용기와 격려의 말을 아끼지 않는다.

큰 아이가 중학생인 동생에게 이런 말을 한 적이 있었다. "찬주야, 다른 애들 자기들끼리 엄마 아빠 욕하잖아. 너는 그러면 안 된다. 우리는 그러지 말자." 아이들은 엄마 아빠가 어떻게 키웠는지 알고 있었던 것이다. 엄마 아빠가 사랑으로 키웠다는 것을. 부모의 무조건적인 사랑과 헌신은 힘이 있다. 아이를 바꿀 수 있다. 아이 인생을 좌우할 수 있다고 단언한다. 우리 부모님이 우리에게 베풀던 그 사랑과 헌신을 우리 아이들에게도 베풀자. 그렇게 한다면 놀랍게도 아이 인생이 달라지게 될 것이다.

08

화목한 가정이 자녀교육
성공의 길이다

"자녀들을 어떻게 키우신 거예요?" 주변 지인들은 곧잘 이렇게 물어보신다. "운이 좋았던 거죠. 하나님의 은혜인 것 같아요." 이렇게 대답한다. 도움이 필요한 경우는 내 경험담 위주로 답해드린다. 자식농사 잘 지었다고 우쭐하고 싶지는 않다. 다만 겸손한 마음으로 누구든지 이렇게 될 수 있다고 말씀드린다. 남편이나 내가 똑똑해서도 아니고 지혜로와서도 아니다. 분명한 것은 어떤 가정이었냐인 것이다. 엄마와 아빠가 서로를 존중하고 사랑하는 편안한 가정이 그 요인으로 작용하지 않았나 라는 생각이 든다. 아이들은 엄마와 아빠가 서로를 대하는 모습을 보면서 배우게 된다고 한다. 부모는 아이들이 첫 번째로 만나는 소우주라고 할 수 있다. 부부관계가 원만해야 아이들도 편안해진다. 아이들이 편안해야 학교생활, 사회생활도 원만하게 할 수 있는 것이다.

시부모님은 사이가 너무 좋으시다. 시아버님은 어머니를 끔찍하게 위하신다. 아버님은 자녀들 못지않게 어머니를 너무 사랑하신다. 이런 화목한 가정의 영향으로 남편도 나에게 얼마나 잘하는지 모른다. 남편 자랑 같지만 용서하길 바란다. 남편은 모든 것을 긍정화 시키는 분이다. 23년 결혼생활 동안에 부정적인 말을 들어 본 적이 없다. 내가 남을 판단하거나 비평하면 그것을 긍정적으로 답변해 준다. 이 책을 쓸 때도 "당신 글 잘 쓰네." 이렇게 말해줬다. 내가 독서논술에서 수업했던 이야기를 하면 "당신처럼 아이들 가르치는 사람이 어디에 있냐." 이렇게 말해준다. 남편은 공감능력이 뛰어나다. 그래서 어려움이 있을 때 조언을 구하면 적절하게 해결책을 준다. 난 남편 말 그대로 적용한다. 가끔씩 남편에게 말한다. "당신, 천재 같아요." 난 백 프로 남편 말을 믿는다. 남편도 나를 믿어줘서 늘 감사하다. 남편이 퇴근해서 집에 들어오면 먼저 포옹해 준다. "여보, 오늘 수고 많았어요. 우리 먹여 살리느라. 고생 많았어요."라고 말해준다. 그러면 남편은 얼마나 좋아하는지. 우스갯소리로 난 아들 셋 키운다고 말하곤 한다. 남편도 아이들이랑 똑같다. 똑같이 사랑받기 원하고 칭찬하면 좋아하고. 그래서 더 추켜 세워주려 노력한다. 남편에게 고마운 게 있다. 매 명절 때마다 친정식구들, 시댁식구들 선물을 챙겨주어서 고맙고. 교회에 가정형편이 어려운 성도들 도와주라고 말해 줘서 고맙고. 말없이 행동으로 먼저 보여주는 게 너무 고마울 따름이다.

남편이 나에게 하는 걸 보면서 우리 아이들은 커갔다. 그래서인지 아이들도 나에게 잘해 준다. 가정에서 아빠의 역할이 얼마나 중요한지 새삼 깨닫게 된다. 특히 아들은 아빠의 존재가 중요하다. 옆에서 든든하게 버티어주는 아빠의 존재감이. 아이들의 속마음을 풀어주는 아빠의 세심함이 우리 아이들에게 큰 힘이 됐다. 다시 한번 남편에게 감사하다고 말하고 싶다. 그리고 앞으로 내가 더 내조를 잘하겠다고 말하고 싶다.

독서논술에 초등학교 4학년 남자아이가 들어왔다. 처음엔 수업을 잘 따라왔는데 점차 장난이 심해졌다. 어느 땐 너무 산만해서 수업을 진행할 수가 없었다. 입에 담지 못할 말도 서슴지 않았다. 난 아이의 마음을 만져보려고 맛있는 것도 사주면서 이야기를 나누어 봤다. 아이의 집은 정해진 규칙이 있었고 아이는 그것을 힘겨워했다. 그리고 아빠에 대해서 불만이 많았다. 수업 후 어머니와 통화를 해봤다. 어머니는 아이의 상황을 잘 모르고 있었다. 다만 아빠와 사이가 좋지 않다는 말씀만 하셨다.   난 두 분이 잘 상의하셔서 아이와 대화해 보는 것이 필요할 것 같다고 말씀드렸다. 아이와 편지 쓰기도 권해 드렸다. 아이들은 표현에 있어서 서툴다. 속에 발산되지 못한 부분이 있을 수 있다.   엄마는 아이의 말과 행동을 잘 지켜보면서 빨리 캐치할 필요가 있다. 아이들 속에 어떤 불만이 있는지. 풀리지 않는 부분은 없는지 확인하고 대화로 풀어나가야 한다.

대전에 사는 작은아이의 친구가 우리 집에 놀러 온 적이 있었다. 중학교 동창이었던 이 친구는 우리 집에서 하룻밤 묵기로 하고 밤에 이야기를 나눴다.   대전에 집이 있는데 따로 자취방을 얻어 혼자 독립해서 살고 있다는 거였다. 학교도 대전이고 부모님 댁도 대전인데 왜 따로 자취하는지 물어봤다.   아빠와 크게 싸웠다는 것이다. 아빠가 자기의 행동과 생활을 이해하지 못한다고 했다. 아빠는 독실한 크리스천이고 건실한 교수님인데 자기는 교회도 안 나가고 술, 담배까지 하니 부딪칠 수밖에 없다는 것이다. 자취방 월세, 생활비, 학비도 아르바이트해서 해결한다고 했다. 너무 안타까웠다. 부모 자녀 간에 의사소통이 되지 않아 따로 살고 있다니. 하루 빨리 부모와 화해해서 함께 살게 되기를 고대한다.

화목한 가정을 이루기 위해서 먼저 부부관계가 좋아야 한다. 남편은 아내를 사랑하고, 아내는 남편을 존경하는 가정을 이루어야 한다. 성경에 이런 말씀이 나온다. '아내들이여 자기 남편에게 복종하기를 주께 하듯 하라. 남편들도 자기 아내 사랑하기를 제 몸같이 할지니. 성경에는 부모와 자녀와의 관계도 언급하고 있다. '자녀들아 너희 부모를 주 안에서 순종하라. 이는 네가 잘 되고 땅에서 장수하리라. 또 아비들아 너희 자녀를 노엽게 하지 말고 오직 주의 교양과 훈계로 양육하라.' 성경에는 먼저 부부관계를 언급하고 있고 그 다음에 부모 자녀와의 관계를 언급하고 있다. 서로 존중하고 섬기는 가정. 서로 배려하고 양보하는 가정이 될 때 자녀들도 잘 성장해 갈 수 있다. 부모와 자녀가 함께 노력한다면 반드시 화목한 가정을 이룰 수 있다고 본다.

내가 남편에게 보냈던 편지를 소개하겠다.

여보 요즘 들어 당신이 너무 소중하게 여겨집니다. 나는 받기만 하고 주는 것이 별로 없어 미안해요. 그리고 고마워요. 제가 당신에게 바라는 것은 건강주의, 차조심입니다. 언제까지나 우리

가족 함께함이 가장 귀하고 소중해서 예요. 저 또한 건강관리 잘해서 우리 가족에게 걱정 끼치지 않을게요. 우리 가족 모두 주님 잘 섬기기를 바라요. 물론 생활이 안정되어야 하겠지만요. 우리가 교회에서 만나 이날까지 온 게 신기합니다. 아이들도 생기고요. 아무튼 당신 건강하시고 일하면서 성취감 만끽하시고 주님도 잘 섬기기를 바라요. 제가 아이들에게 가끔씩 부담주기도 하고 짜증 내는 모습 보여서 미안할 때도 많아요. 저에게 좋은 말, 격려의 말 많이 해줘서 감사해요. 사랑합니다. 오늘 하루 가족과 즐겁게 보내요.

"자녀들은 부모책임. 이게 맞는 말입니다."

우리 어렸을 때 부모들이 공부하라고 말하면 정말 싫었던 경험이 있을 것입니다. 저도 그랬어요. 우리아이들도 그렇고요. 아무말 없이 사랑해주고 잘되기를 부모가 몸으로 보여주면 아이들이 그것을 귀신같이 알아차립니다. '내가 이러면 안돼지. 부모가 이렇게 나한테 잘해주는데. 열심히 해야겠다.'

제가 아이들을 키워봤고 독서논술에서 아이들을 가르치다보니 아이들은 원래 순수하다는 것을 느낄 수 있었어요. 부모가, 교사가 어떻게 대하느냐에 따라 아이들이 달라짐을 수시로 체험하게 되었어요. 우리 어른들은 우리의 역할이 얼마나 중요한지 깨달아야 합니다.

자녀들은 부모책임. 이게 맞는 말입니다.

우리부모님들! 자라나는 우리아이들의 본이 될 수 있도록 노력하는 부모들이 되었으면 좋겠습니다.

끝으로 이 책을 쓰기까지 지도해주신 브랜드미스쿨 우희경 작가님과 저의 영원한 동반자인 남편, 큰아들, 작은아들 인터뷰 응해주어서 감사하다는 말을 전하고 싶습니다.

이 책이 많은 부모님들에게 좋은 영향력이 되었으면 하는 바람입니다.

2023. 3.

김향선

나는 공부하라 말하지 않는다

초판인쇄	2023년 03월 23일
초판발행	2023년 03월 29일

지은이	김향선
발행인	조현수
펴낸곳	도서출판 프로방스
마케팅	최관호 최문섭
IT 마케팅	조용재
교정교열	이승득
디자인 디렉터	오종국 Design CREO

ADD	경기도 고양시 일산동구 백석2동 1301-2
	넥스빌오피스텔 704호
전화	031-925-5366~7
팩스	031-925-5368
이메일	provence70@naver.com
등록번호	제2016-000126호
등록	2016년 06월 23일

정가 16,000원
ISBN 979-11-6480-310-1 03810

66

제가 생각하는 부모의 태도는
칭찬입니다.

칭찬을 많이 받고 자란 아이는
그렇지 못한 아이들 보다
학업 성취도가 높습니다.

99